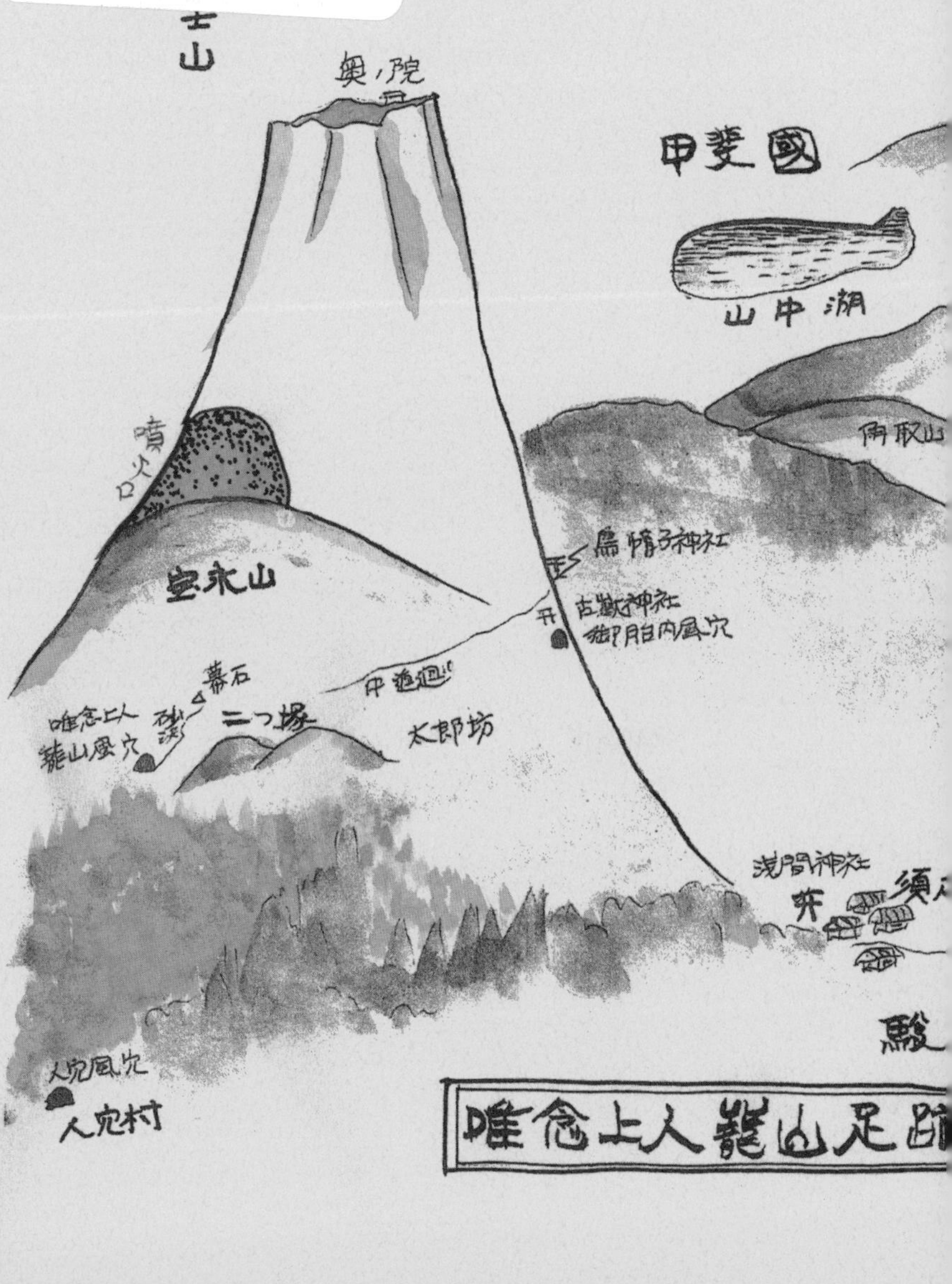
士山
奥ノ院
甲斐國
山中湖
角取山
噴火口
宝永山
烏帽子神社
古獄神社
御胎内風穴
中道廻リ
幕石
唯念上人
籠山風穴
二ツ塚
太郎坊
浅間神社
須
駿
人穴風穴
人穴村
唯念上人籠山足跡

霊峰
籠山

唯念木像（畑合細谷恒男家）
（木像写真は小山町立図書館蔵）

奥の沢唯念上人修行の滝
谷の奥手は奥行場
滝の中段左は阿弥陀仏
(2015 年 1 月 16 日
勝又まさる氏撮影)

足柄山栗の木沢の名号塔を仰ぐ高橋哲男氏と著者
(2015 年 1 月 16 日　勝又まさる氏撮影)

霊峰籠山

異聞・木食念仏行者唯念上人外伝

勝俣　昇

目次

推薦のことば

私たちの住む静岡県の小山町は、三方が歴史遺産に囲まれております。西側が富士山、東側が金時山のある箱根山であります。実は余り知られておりませんが、北側には丹沢山系に続く北山の懐深くに、元上野村奥の沢の唯念寺の遺構があるのです。

天保元年に木食念仏行者の唯念上人が念仏堂の草庵を結んだのが始まりでしたが、やがて信者は地元の駿河国《するがのくに》や伊豆国《いずのくに》だけでなく、甲斐国《かいのくに》から相模国《さがみのくに》、さらには江戸から武蔵国《むさしのくに》にまでにわたり、阿弥陀仏四十八願にちなむ蓮華講ができたほどでありました。

上人は、肥後国《ひごのくに》の八代《やつしろ》の生まれですが、諸国を念仏修行した末に、富士山に籠《こも》っていた高僧義賢上人の教えを受けて奥の沢に入りました。九十歳を過ぎるまでの五十年を超える半世紀もの長い間を、念仏修行するとともに衆生《ひとびと》の済度救済に尽くしております。

上人が活躍した近隣諸国には、南無阿弥陀仏の名号塔が一千基近くも建てられています。また上野村への道標《みちしるべ》となる手引観音などの仏像や、上人直筆の名号や龍などの祈祷の書軸は、各所に数え切れないほど残っております。

しかし、上人の足跡が九州から北海道に及ぶ広範囲なことと、長い年月に及ぶ数奇な活躍でありますので、伝えられる行績は氷山の一角に過ぎません。

そのようなことを踏まえて、この町出身の勝俣昇さんは、各地に残る史実を基に上人の偉業を辿られたのであります。同氏はこれまで、富士山宝永噴火の最大の被害地であるこの町の砂除けの苦闘を描いた『砂地獄』に続き、同じこの町を舞台とした金太郎物語の『赤龍の父子』、あるいは御厨の百姓一揆にまつわる『富士に誓う』等を発表しておられます。

現在は東京に住んでおられますが、熱い望郷の念に駆られ再び故郷にまつわる唯念上人の外伝『霊峰籠山』を発表されました。ことに、他の伝記が伝えていない、修験道と念仏道の関わりや、即身仏をめざしての入定《にゆうじよう》を考えた霊峰籠山、それを乗り越えての念仏伝道、名号塔建立の難事、そして入寂の秘話など興味が尽きません。しかも、闊達にして真摯な筆致は深い宗教心に根ざし仏心に迫るものとさえ感じられます。

この書が、私達の町の誇りでもある唯念上人の紹介にとどまらず、朝夕の念仏称名を誘う宗教心の啓発に資することと、ひいては町おこしの原動力となることを念願して推薦のことばとします。

平成二十七年四月一日

静岡県小山町町長　込山　正秀

第一章　江戸を目指す

（一）

「いぇいっ、いぇいっ」

「とうっ」

焼杉の板塀に囲まれた庭に掛け声が響いている。

勘弥と兵馬の兄弟が竹刀《しない》の打ち合いをしていた。この日非番だった父親の滝沢勘右衛門は、縁側に出て中腰のままそれを見守っている。二人は、ごく最近稽古を始めたばかりだ。

やがて稽古を止めた二人は、防具を外し頭に巻いていた手ぬぐいを取る。顔を拭いながら、兵馬が不思議そうにして言う。

「兄《あん》やん、伝修所ごたる学問所にいながら、何んで刀の稽古ば強えだあ?」

「おどんま、侍の端くれだばってん少《ちぃ》ったやらんと・・・。そぎゃん言うたかて、お前《はん》も教衛所ごたる武芸所で自現流の剣術ば習いよるに、剣よりも本の虫でなかか」

まだ十五歳と十三歳の童《わらべ》しさの残る兄弟だったが、兄の方は文弱者の多い学問所に似つかわしくなく武骨な面構えで、反対に弟の方は剛健者の多い教衛所にはいかにも不向きそうな白皙《はくせき》の面立ちであった。

勘右衛門は彼らの言い合いを、少し歪めた唇に笑みを見せて聞いていたが、兄弟が両脇に座ると顎《あご》を引いて言った。

「兵馬は、何だとて面《めん》ばっか打ちよるだ?そぎゃんごたるで胴に隙が出て撃たれちょる」

「わいは真っ向勝負だけだばってん、隙みて打つごたるこたあ好かん」

どうやら、兄の勘弥のほうが剣術の筋が良いようだ。兵馬は、ただ徒《いたずら》に面打ちにこだわるばかりである。それゆえ兵馬は、正式には剣術を学んでいない兄であっても容易《たや》すく胴を撃たれる。それでも、懲《こ》りずに面を取りに行くのである。

そのようなことは、普段の振る舞いにも表れていた。兄が伝修所から持ち帰る詩経や論語などの訳本は、先に齧《かじ》りついて気に入ったことを日常の標語にしたりしている。

伝修所は学問を教え、教衛所は弓矢刀などの練武をする。宝暦六年(一七五六)に八代《やつしろ》の城主松井興長が、武家子弟のための文武教習所として設立したものであった。

このころ幕府は一国一城令を敷いていたが、肥後熊本藩に限り薩摩藩に対する防備のために八代城を特例として認めていたのである。三万石を領有していて、通称は八代藩とも呼ばれるほどで、大名並みの治世を誇り文武の振興にはとくに力を入れていた。

勘右衛門も一時上士を目指したことがあり、剣術を始めた二人の息子に目を細めていた。

兵馬はのちに念仏行者唯念となるが、曲がったことが大嫌いの純真無辜《むこ》のところは祖父勘助の薫陶《くんとう》を受けていた。勘助は浄土宗信者で、仏法僧のいわゆる三法に関する文物を大事にし、毎朝の仏前と毎食前の「南無阿弥陀仏」の称名は家族共々欠かしたことがない。

兵馬が幼いころ、勘助は散策によく彼を球磨川の萩原堤防に連れて行った。堤防からは、海まで続く八代平野の田圃の真ん中に八代城が傲然《ごうぜん》と構えているのが望める。

「わしは、昔江戸で幕府直轄の普請《ふしん》奉行の配下で振矩《ふりく》掛りでのう、この堤防の普請をした」

「普請奉行の振矩って何ごたん？」

「川や道路の工事のことを普請たら言うてのう、振矩は地を計ったり普請図面を書くだ」

「ふうーん。それがなんして江戸から肥後の八代《やつちろ》ごたるとこに来たん？」

「ありやあ、宝暦五年（一七五五）のこつだった。この大川が溢れて決壊しちまってのう。熊本藩が困りはてて幕府に泣きついただあ。そいでわしがこけえ助けに寄越《よこ》されたのじゃ」

「こんな大きな川でも溢れるのけえ？」

「『洪水氾濫』言《せ》えってな、大被害を起《おけ》えただ。梅雨時で長雨が続《つじ》いたもんで、あっこの瀬戸石が山崩れを起けえて、この球磨川の川流れを堰き止めたあだ。山崩でできた堤の水は逆流するし、それと上流からの洪水の水が合わさったもんだで大ごとだ。それこさあ山のような水が八代城下を暴れたあだ。ありゃあ確か二千百戸余りが流され、五百人以上も死んだ。田ん圃は三万三千町歩（ヘクタール）砂利原になっちまって藩も困り果てただ」

滝沢勘助は、その復旧手助けのために長の逗留となっていた。やがて藩士の養女を娶《めと》り、その子の勘右衛門までが妻帯してこの地に居ついた。下士ではあったが、今では特技を認められて一応は藩士になっている。勘右衛門の名は、父親が後からつけた侍名前であった。名前の勘の一字は、古くは勘測の字に充てられ、地面などを測りその坪数を勘定することに用いられている。振矩《ふりく》掛りの家系ゆえの世襲の一字であった。もう三代目の勘弥までが、その跡継ぎとして将来が決まっている。

振矩掛りは、治水工事の古文書やオランダ渡来の設計手法などを勉強する必要があるため、勘弥は学問教習の伝習所に入れていた。

勘右衛門としては、長男は普請方として跡を継がせなければならなかったが、二男の兵馬は名付けからして城勤めの上士にする考えであった。普請方では下士の身分でしかなかった。十歳になったとき、藩兵の養成を目的とした修衛所に入れたのもそのためである。

修衛所にはいろいろと工作してどうにか入れてみたが、生まれつき身の回りに武芸の雰囲気のないところで育ったゆえに、武勇には縁遠い嫌いがあった。

祖父の躾《しつけ》でお経や法話に接したために、武具を振り回すより書物を読むのを好んでいた。書見机の前壁には、『無我』とか『信知』『高潔』などの文字を書いて貼っている。その筆遣いも、後年の達筆が予想されるほど子供離れがしていた。

修衛所でも、文弱者と見なされているため上士として取り立てられる見込みは薄かった。勘右衛門は、兵馬の将来に懸念を感ずるのもしばしばであった。

しばらくした日の朝のことである。

勘右衛門は、見回りに出掛けようとして玄関の叩き土間に下り立った。そのとき

「そぎやんこつ、男あんがするもんでなかぞ」

と、奥の水屋（勝手場）の方から妻女の伊登の強いながらも押し殺した声がして、兵馬が飛び出して行った。見送りに出た伊登に、勘右衛門が聞いた。

「兵馬がか？何《なん》しくさる」

伊登は、ちょっとためらったが眉を寄せて言った。

「何したこつか、自分の下帯洗いよって・・・・」

勘右衛門はちょっと眉を寄せたが、口の端を歪《ゆが》めただけで何も言わず出かけてしまった。

その夜、枕を並べていた勘右衛門が寝返りを打つと、伊登の方を見てぽつりと言った。

「あれも、男になりよる」

伊登が首だけ曲げて言った。

「誰のこつ言うとるですか」

「兵馬のことじゃ。あれもじき十三歳になる。下帯洗ろうたのあ、精通があったちこった」

「せえつう？　何がことですか？」

「一人前の男になったちこった。いずれはどこぞ吊り合うた藩士の家の婿にでもと心しちょるが、今んどきどこもここも子だくさんじゃ。婿口なんかなかたい。それにしても、少《ち》いったあの方の躾《しつけ》もせにゃあならんとたい。どぎゃんか？」

「貴方《あーた》がしておくれまっせえ。勘弥のときゃあ、しなさったとでしょうが？」

「あれのときゃあ、彦爺がおったから、とろーんと（すっかり）任せおったでのう。勘弥はよう懐いとったばってん、俺《わしゃ》あ手え掛けることあなかとよ」

「男あんのこたあ、男あんで」

伊登は、頭の向きをなおすと、布団の襟を引いた。

それからしばらくした日の非番のとき、勘右衛門は書院にしている座敷に兵馬を呼んだ。

「お前《はん》も、はえ一人前の男だ。ちょっくり聞かすこつがあるばってん、そけえ座れ」

彼は、掌《てのひら》を上向けて脇の茣蓙《ござ》を指し示した。　兵馬は、これまでなかった父の仕草に、なにごとかと口を尖らせながらも正座する。

「お前、下帯洗ろうたばってん、お母《かあ》どんに叱られおったが、あげんこつ、自分でせんでよかじゃ。年頃になれぇやあ、下帯ぐれえ汚れる。押《おせ》えても一人《ひと》って出ちまうだ。男の精っちもんは、停めるわけにゃあゆかぬ。そいで、聞かしておくこつがある」

意外な話に、兵馬は尖らせていた口を歪めている。

「男の精は、大事な子種だ。大人になって子供が巧くでけるようにと、年ごろになれぇあ自然に一人ってでも出るし、自分でも出すようになる。いわば子作りの準備じゃけん、誰とて咎《とが》められるこつもなか。女子《おなご》のお母どんにゃあ気いつかんこった」

兵馬は無言だったが、口の歪みを消して俯き加減にしている。

「じゃがなっ、困ったこつに、精を出しよるこたあ、無性に快楽や欲望を掻きたてる。女子を欲しくなる。その度が過ぎよることを、淫するとか姦淫とかいう。真面《まとも》な男は、嫁もろうまでは懸命に我慢するのじゃが、これが難しいこつじゃ。昔の坊さんは、過酷な苦行によってそれを克服したってこつだ。それでも我慢でけないときゃあ、風淫、水淫たらいうて、修行の一つとして、倅《せがれ》おば風に晒し水に浸けて精を鎮めたっちこつじゃ」

そこまで話したとき、兵馬が真剣な顔で言う。

「坊さんになりゃあ、あれが止められるってこつか？おどんは、あの穢《けが》れの元なんち断ち切りたいじゃけん。あげなこつ、思うこつだけでもしたくなかじゃけん」

勘右衛門は、その一途さに一入《ひとしお》の懸念に駆られた。到底お座なりにはできない。

「それは至難の技だ。千日回峰なんぞという荒行の修行をした大阿闍梨《あじゃり》ならいざ知らずじゃけん。ありゃあ、不動明の真言たらいうお経を十万回称えて、険しい山を走り回って修行するってこった。そのくれえの修行した聖人だば欲望は断てるばってんが、そりゃあ並みの人間にゃでけんこつじゃ。俗人は、ただ一途におのれの欲望を必死に気張って抑《おしや》あるだけじゃごたん、そりゃあ苦悩なこつだ。嫁貰おうまで、いや、貰うてからも長い一生の間を欲望に向き合って真面《まとも》に生きていかにゃあならんこつになるじゃって。奔馬《ほんば》や悪魔のようなもんじゃけん、それと一生戦《たたこ》うていくことになる。巧く御《ぎょ》していくしかなかと」

「おどんは、あげなこと忘れてもっと学問したいばってん、前からお祖父《じい》どんの出た江戸つう所へ行きたい思うとる。どこぞの寺でもよか。なんてろん（どうしても）学問したい」

勘右衛門は「うーむ」と天井を見上げたままだった。彼が考えを巡らせていると、兵馬は父を見放したように不意に立ち上がり、ひどく不満そうにして出て行った。

そんな話があったことを、伊登が忘れかけていたときである。半年ほど経っていた。

「耳寄りな話を聞いたごたん、ちと相談があるけん来なはれ」

伊登は、大振りの湯飲みを盆に載せて書院に来ると、勘右衛門の膝脇に置いた。

「新茶いただきもうしましたで、おあがりなせ」

勘右衛門は考え込んでいて、新茶には目のないはずなのにその話も聞こえなかったようだ。ちょっとだけ茶をすすって、黙って茶碗を置いた。

「今日、香徳寺に顔ば出した。寺脇の川普請のこつじゃったが、帰りしなに和尚が言うた。熊本城下の本山の方でお小僧をめっけているそうだ。うちの兵馬のことば知っての話ばってな、詳しく聞いちみんと思うてのう」

寺と聞いて、伊登は眉をひそめて見つめる。侍にする気だとばっかり思っていたのだ。

「今までのお小僧が京の方へ修行に行きよったもんで、後を見《め》っけているごたん、どうかっちな。お寺じゃばってん、着る物《もん》食う物は心配はいらんけ。それにな、兵馬は書物が好きじゃけん、侍よか寺向きじゃなかと思うてな。こな間《いだ》も、わしが話す坊さんの苦行の話ば真剣に聞いとった。お祖父どん出た江戸に行って学問したい、さもなくば仏門でも良いから学問したい言うてな」

「何時《いつ》、そんな話ばしとっとですか」

「下帯洗うたときじゃった。色欲断つにゃあ、修行するってこつな」

「そんなん、断たんでも・・・」

「あっ、いや、兵馬がどうしても断つっち言うたばってん、荒行の話ばしただけよ。そんなこつより、侍にするよか仏門に入れるのあ、あれのためかも知れん」

「よく、二人《ふた》って相談してたも」

次の非番の時、勘右衛門は書院に兵馬を呼んだ。彼は、先日の男の精の話のあとだけに、何食わぬ顔に体裁を繕ったのであろう、わざとに憮然として少し離れて座った。

「この前、坊さんの修行の話をしたっちが、何か因果ごたるもんでもあんのかのう。香徳寺から、お前《はん》をば熊本の本山の寺でお小僧にどうかっち話が来よった。お前、学問したいって言うとるばってん、よく考えて仏門に入るごたん決めたらよかじゃ」

兵馬は、その場で何の躊躇《ためらい》もなく言い切った。

「ずうっと考えてたごたん、おどま寺に行く」

（二）

滝沢兵馬は、八代の香徳寺の和尚に連れられて熊本の台徳寺の山門をくぐった。熊本では一、二を争う名刹である。

兵馬は、猛り狂ったような仁王像の前では、いかにも子供らしく恐ろしげに顎《あご》を大きく引いて見上げていた。和尚はその姿を見守っていて、急かすこともなく立ち止まっている。

兵馬が追いつくと、和尚は門柱の高札を見ながら

「『騎馬車籠葷酒《しやろうくんしゆ》山門に入るべからず』か・・・・。いよいよごたんのう」

と、俗界から縁を切る彼を慮《おもんぱか》ってそう言った。

その意味は分かったであろうが、兵馬は先ほどの怯《おび》えとは打って変わって、子供には似つかわしくないような不敵な笑みさえ見せて歩き始める。和尚の方が、不安そうに見つめていた。

和尚が先立って庫裏に顔を出すと、話が通っていて築山裏手の奥の方にある三無庵に行けと言う。

広い竹林に囲まれひっそりとたたずむ庵《いおり》には、寺男であろうかなり年老いた爺がいた。

「八代《やつちろ》からお小僧を連れて来たばってんが、庵主どんに・・・・」

と、和尚が面会を求めたのに、

「はえーっ、ご苦労なこつ。預かりまっか」

と、ぶっきら棒に言い、じいーっと兵馬を見つめる。どろっとした粘りつくような眼差しに、兵馬は思わず眉を寄せていた。

和尚は、見送る兵馬には振り向きもせず、そそくさと帰って行った。

兵馬を玄関脇の小部屋に案内すると、爺は「源爺でごわんがな」と名乗りながら手振りで彼を奥側の畳に座らせた。兵馬は、下げて来た信玄袋を脇にして正座した。

「この部屋に住まうとじゃ。庵主《あんじゅ》どんの上人は、遠くの家《ええ》の法要とかこつで二、三日帰らあせんが、その間あ色々《いろうろ》支度をして待つごたん」

「支度を?」

「体を洗い、頭も洗って髷《まげ》を整えるごたん。わしが，よかんびゃーしまっさあ（よろしくやります）」

源爺は、そう言うと奥の方に行ってしまった。

六畳間である。小ぶりの書戸棚が一つ、書見机と並べて置いてある。仏像などは、庵の中のどこかの仏間にあるのか、この部屋には仏壇も見当たらない。

物珍しくもあり、寺なら何か読み応えのある書物もあろうかと、早速に戸棚を開けた。和綴じの本が五、六冊乱雑に積んである。お経にしては粗末なと思いながら、開いて見た。大きな仮名文字で綴られた中に、男女の複雑な姿態の絵柄の入った枕本（春本）である。

教衛所の悪童共が懐に入れて来て、物陰で回し読みしていたのを見せられたことがあった。憤りの余り、取り上げて地面に叩きつけて踏みにじった代物である。それ以来、彼らとは交友を断ってしまっている苦い思い出が過《よぎ》る。

「うえーっ」という声とともにそれを思いだして、やにわに本を戸棚に放り込みガタピシと戸を閉める。

困惑とこの寺に対する不信が入り交り、手足の震えが止まらない。疑念の消えぬままに、押し入れをそっと開けてみる。微かにカビくさい。

上段には二、三枚の紺木綿の布団に枕を載せて積んであるだけである。下段には、乱れ籠に折り畳んだ白や紺の着物が何重ねか積んである。僧服かと思うと、何となく納得したような気分になる。そのあとでは、全く所在なく部屋の真ん中に大の字に寝転んだ。

何時の間に寝入ってしまったのか、源爺に起こされたときは夕焼けが障子を染めていた。

「風呂ば入って体を洗うごたん、一緒に来いなはれ」

そう言いながら、源爺は押し入れの衣類を選んで抱え込む。

玄関まっすぐの突き当たりが水屋で、勝手場の廊下続きが湯殿（風呂場）であった。辺りに人影は全く見当たらない。寺男の源爺が、一人で留守番をしているようである。

二坪ほどの板敷きが長尺の紺布の暖簾《のれん》で仕切られ、奥が一段下がって簀子《すのこ》になっている。蓋を半開きにした風呂桶から湯気が上がっているのがのぞき見える。

源爺が、真っ先に自分の衣類を脱いで乱れ籠に落とし入れる。兵馬が戸惑っていると、

「一緒に入るやして」

と言う。寺の仕来たりがよく分からないままに、裸になり源爺に続いて簀子に踏み入れる。

「仏ごたる上人に仕えるけん、よう体を清めるばい。寺の湯使いを教えるばってん」

源爺は、干からびたような皺だらけの腕を伸ばし桶に湯を汲むと、座らせた兵馬の後ろに回った。彼の肩に風呂手拭を広げ、二、三度湯を掛ける。続いて脇にあった小鉢の中から何か分からぬ塊を取り出して、手拭で揉み始める。とたんに甘い香りがただよい、兵馬は何事かと、源爺の顔を見た。

「長崎から献上《あが》ったシャボンたらもんだ。オランダから来たばってん、よく垢が落ちよる。上人が使いなはるが、おぬしも使こうてよかたい」

そう言いながら、シャボンの着いた手拭で首筋から背筋沿いを微かに強弱をつけて揉み擦る。いつの間にか、源爺がつぶやくように称えていた。

「南無阿弥陀仏、・・・・、なむあみだ、なむあみー、・・・・、・・・・、・・・・」

称名《しょうみょう》に続いて、お経かと思われる全く訳の分からぬ言葉で、揉み洗いの強弱に合わせて呪文のように称え続ける。続いて二の腕から指の間、指先へと洗い、反対の手に移る。

兵馬は、馴れないシャボンの香りと呪文で眠気に誘われ、次第に気が遠くなっていった。

源爺は、兵馬の首から胸、腹と洗ったあと、閉じている両腿に手ぬぐいを押し付けて開かせようとする。兵馬はほとんど自失状態の中で「じ・ぶ・ん・で・・・・」と言ったと思ったが言葉になっていない。あとは、もうなされるままになってしまう。

下腹部から両腿を撫ぜるように洗われていると、彼の体はもう布団の綿のようであった。

源爺は、相変わらず呪文を口ずさみながら彼の前後ろをやわやわと擦り洗っている。

そのうちにはシャボンの泡の中で、股間の嚢《ふくろ》を広げて洗い始める。続いて身根の包皮を延べて丹念に洗う。兵馬の吐息が荒くなると爺の手は止まり、呪文だけが漏れる。しばらく休んだあとからは、こんどは手を後ろに回して指を使い穴の奥まで洗う。全くの夢心地であろうが、兵馬は身もだえし虚ろな目を宙に泳がせてうめき声を上げる。しばらくして

「さっ、終わりやしたぜ」

と、手鼓で肩を「ポン、ポン」叩かれる。

ようやく目覚めた兵馬は、ここで何があったのかも判然としないままぼう然としている。

操り人形のように、湯船に導き入れられていた。

風呂から上がると、着て来たものは片づけられ、まっ新《さら》な下帯から肌着とつけさせられる。浄衣という僧侶の着る白の着物に濃紺の袴といういでたちとなる。

赤味を帯びた油のようによどんだ目でじいっと眺めていた源爺は、

「よか稚児姿じゃ」

と、目を細めている。

「ち・ご・す・が・た?」

兵馬は、その意味も分からず、幼児が物を聞き返すようにつぶやく。自分でも、世間の俗界とすっかり遠くなったことだけは、なんとなく分かったように思う。

――――お小僧になったごだっとん（ようだな）・・・・。

と、思うだけであった。

どれほど時が経ったかかも分からなかった。気づいてみれば、部屋には行燈《あんどん》の灯が灯り、ようやく我に返った自分がいた。衣類を引っ張り、いつ着かえたのか思い出そうとした。湯殿に行って源爺と風呂に入ったことと、長崎の何とやらいう香を思い出したが、記憶はそこまでだった。風呂上がりの体の温もりの残る中に、下半身の前後ろが妙にうずく。これまでまったく経験したことのない感覚だった。彼としては、なんともおぞましい限りであった。どう考えても、源爺の湯使いが寺には似つかわしくない所業に思えてならない。

ふいに襖戸《ふすまど》が開けられ、源爺が顔を出した。

「夕餉《ゆうげ》だけんな。あっちゃあ来《こ》（夕飯だ。あちらに来い）」

ついて行くと、水屋続きの板の間に食い物の載った膳が二つ揃えて出ている。源爺が向こう側に回り、擦り切れかかった紺袴《こんばかま》から痩せ老いた膝小僧をのぞかせてかしこまった。

立っている兵馬には構わず箸を手挟んで「なむあみ・・・、なむあみ・・・」と口ずさみ，飯茶碗を取る。兵馬は、あわてて反対側に向き合って座り、手を合わせ称名する。

膳の上をのぞき込むと、頭つきの鯛の煮つけが載っている。有明の海近くに育ちながら、鯛などはこれまで祝儀ごとのときにしか食ったことがなかった。それも、せいぜい一口か二口であった。このような、一匹の頭つきではなかった。それに、ここは仏門である。

「寺でも魚を食うてよかと？」

源爺は、ただちょっと彼に目を向けただけで、自分の皿の鯛に箸をつける。飯とともに一片れを呑み込むとぼそっと言った。

「ここあ三無庵じゃから、よかたい」

兵馬は、食事を前にして食欲が出るとともに、ほとんど正気に返っていた。

「三無庵ってどぎゃん意味か？」

一瞬、源爺は困惑そうな顔をした。それを打ち消すように、視線をあらぬ方に泳がせる。

「神、仏なし、人の心なしじゃ」

そういうと、爺は兵馬がここに来て初めて聞いたと思われる笑い声を立てた。四、五本が欠けた茶色の味噌っ歯を見せて、しわがれて乾いた声だった。

兵馬は、何かの例えとは思ったが、その真意を図りかねた。さっきから溜っている疑念は、いよいよ増すばかりである。それに、初めての仏門である。いろいろ聞いておきたいことが一杯あった。

「坊さんの修行は何時から始まるのけ？」

「修行？」

「大人になったら、千日回峰のような修行をしたいごたん」

それを聞くと、飯を口にしたばかりの源爺は、とたんにむせる。むせて苦しい中から
「ひえーっ」

と、叫ぶ。笑ったようにも見える。

「どえらいこっちゃ。千日回峰ごたん、稚児の考えるこつか」

「『ちご』ごたん、何か?」

「お前《はん》、何も知らされて来んのかやあ」

「仏門の修行するっちこつだ」

「そげんなこつ・・・。こりゃあ、庵主どんが帰ってからじゃな・・・・」

「寺には、書物が仰山あると違《ちゃ》うか?今夜にも読みたいごたん」

「書物など読んでなんになるごたん?」

「おどんは、学問ばして高潔な人になるばってん・・・・」

「こうけつ・・・・。お前の部屋の書棚に本があったちが、あれば読むとよかたい」

爺は、黄色い歯を見せて声も出さずに冷たく笑った。兵馬が、きっとして源爺を睨みつける。

「こん寺、どぎゃん寺かっ」

彼は、疑念に駆られ途方に暮れるばかりであった。

（三）

三無庵の納戸の間では、源爺が兵馬の髪を結《ゆ》っていた。

さっき庭先でシャボンをつけて洗った髪は、ほんの少しの椿油で真っ黒に輝く。

「よか髪ごたん（良い髪だ）。漆黒《しっこく》（真っ黒）たあこのこつか。それにビンビン跳ねよるたい。よか髷《まげ》になろうて」

源爺はそんなことを言ってしげしげと眺めたあと、観世撚《かんぜより》（和紙のこより）の一端を口にくわえて、きりりっと元結を締める。束ねた髪の先をひっくり返して髷の形を作り、もう一度結わえる。そのあとから、源爺は二、三歩下がって向きを変えては見定めていた。

「これでよかか？」

彼は顎《あご》を引き、半ば自分に言いきかせて髪結い道具を片付け始める。

朝から、源爺にくどくどと、

「お前《はん》は庵主どんの上人に仕えるばってん、灌頂《かんじょう》たらいう儀式ばして、観音菩薩になるからしてこぎゃんするとよ」

などと言われ、兵馬はその意味もよく分からず半信半疑であった。面わゆくもあり、折角望んだ学問の場とは余りにも違い過ぎることに、心の中では引っかかるものもあった。

髪結いがようやく終わり、ほっとして化粧箱についている鏡をのぞき込む。そこには、まったく初めて見る他人《ひと》のような顔があった。彼は

「うえーっ」

と顔を背けざまに、思わず髷を掴んで乱そうとする。源爺がそれまでの緩慢な動きとは別人のように、飛びついてその手をねじ上げる。武術の心得でもあるのか、兵馬が声を上げて顔をしかめるほどだった。

「庵主どんが戻ってごじゃるばってん、お目見えするはんで、そん頭あちょっかいしてはいかんがな（手をつけてはいけない）」

その日の夕方、兵馬が源爺にどうしてもと頼みこんで取り寄せた本をひっくり返しては、目を通していた。一生懸命に読み解こうとするが、彼の知識では全く歯が立たない。初めて見る文字が多い上に、全く意味が分からない。

本の表紙は『大乗論釈』とあり、阿弥陀如来の文字が頻繁に出ているところを見ると、仏教について論じて解釈をしているのであろうことだけは理解される。極楽や地獄の字を見ると、いかにも興味をそそられるが難解さに打ちのめされてしまう。

彼は、とうとう本を投げ出してしまった。そして、昨夜の糠枕と取り替えられていた箱

枕をして大の字になってまどろんでいた。

しばらくすると、玄関にどやどやと足音がして、何人か連れだってやって来た。

庵主が帰って来たのであろう。彼はぱっと起き上がり、一応書見机に向かって座り直す。分からない本だったが、一先ず広げた。学問をしに来たことを態度に表さねばと思った。

そのとき、いきなり戸が一杯に開け立てられた。振り返った彼の目に、紫の衣の絵で見た達磨のような赤ら顔の厳つい和尚の姿が飛び込んでくる。上人と呼ばれるであろう和尚は、彼の間近に顔を寄せ、どんぐり眼で探るように見詰める。

「おうーっ、お前《はん》か……。よか、よか、ほんによかじゃ」

と叫ぶ。兵馬は、どう挨拶するかも分からず、ただ両手をついて頭を下げた。

それには構わず、上人はいきなり手を伸ばして机の上の本を取り上げた。そして
「何たらこつ。こげなもん読むとか?」

と目をむく。兵馬があぜんとしていると、上人は達磨目をぐりぐりとして、彼と本を交互に見詰めている。

そのとき、源爺があたふたと駆けつけた。彼は、両肘をこれ以上できないほどにつぼめて手を差し伸べ、頭と一緒に畳にすりつける。

「お帰りなんせ。お疲れでごわんした。これが、新入りの稚児の兵馬ごたんありがす」
と紹介し
「これ、庵主様の上人じゃで」
と、兵馬に告げる。兵馬はもう一度、ぴょこりと頭を下げた。彼はようやく初顔合わせの挨拶をしなければと思いつき
「はじめがして、よろしゅうにお願いしがす」
と口にした。庵主は
「うん、よかごたん」
と満足そうに口にし、本を机に投げ戻して出て行く。廊下には、脇僧であろう二人の僧侶がのぞいていた。
　その日は、早めの夕食を済ました。庵には人が出入りし、大きな箱を運びこんだりゴトゴトと何やら設《しつら》えていた。
　やがて源爺が呼びに来て、昨日と同じように風呂に入れられる。昨日よりむしろもっと丁寧で長い時間がかかった。兵馬は、意識を確り持たねばと思っていたものの、途中からはあえなく気が遠くなってしまっていた。

彼が目覚めたのは全く別の部屋で、立て回した屏風の中に寝かされていた。

やがて、真っ白の浄衣の上人が一人で払子《ほっす》を胸に立てて入って来た。兵馬は訳の分からぬままに起き上がり、布団の上に正座した。上人は、それに向かい払子を打ち振り、何か分からぬをお経を称えていたが、やがて指を組んで印を結び真言を称える。

いよいよ稚児灌頂《ちごかんじょう》が始まろうとしていた。

無垢《むく》の少年を人間から生身の観音菩薩へと生まれ変わらせる儀礼とされ、古来より伝わる仏教的秘儀であった。もうこの時代では、本来の宗教的意義よりも僧侶による児童の性具化に過ぎなかった。稚児の何かも分からぬ兵馬が知るよしもない。

上人からはオーラが醸し出されていて、兵馬は自然に体が畏まり、やがて頭がぼんやりとしてくる。

上人は彼に近づくと、その帯を解き衣類を引き落とす。兵馬は、金縛り状態で逆らうことができず、もうなすがままになってしまう。

上人は枕元においてあった宝瓶（ビン）をとって手に垂らす。途端に部屋中に何とも言えない香気が漂う。香油は、彼の顔から首筋、両手、胸、さらには下腹部、肛門にまで丹念に塗り込まれる。夢心地の中で、兵馬は上人に促されて拝礼を繰り返していた。

それが終わると、上人は彼に小振りの経文を開いて渡し、自ら称え始める。
先ほどとは違う響きのある声だった。精気がみなぎっている。
「衆生無辺誓願度《しゅうじょうむへんせいがんど》」（衆生は無辺なり、誓って度せんことを願う）
と、読み始めたが、読経を止めると
「五大願ごたん、後をついて読むのじゃ」
と、言って先を続ける。
「福智無辺誓願集」（福智は無辺なり、誓って集めんことを願う）
兵馬が、操《あやつ》り人形のように続ける。「ふくちむへんせいがんしゅう」
「法門無辺誓願覚」（法門は無辺なり、誓って学ばんことを願う）
「ほうもんむへんせいがんかく」
「如来無辺誓願事」（如来は無辺なり、誓って事《つか》えんことを願う）
「にょらいむへんせいがんじ」
「菩薩無辺請願証」（菩薩は無上なり、誓って証せんことを誓う）
「ぼさつむへんせいがんしょう」
読経がおわると、上人は水盤の水を金杯に汲んで「聖水じゃ」と言って彼に飲ませた。

飲み終わると、上人は布団に上がり彼の髪を解いて垂らす。ふいに垂らした髪ごと彼の体を抱き締める。首筋に上人の唇が這い、真っ赤な顔が彼の顔に迫って来る。

読経が始まると徐々に我に返っていた兵馬は、その異変に気づいた。とっさに上人の喉に拳突きを入れる。必死の思いから、まだほとんど習得していないはずの教衛所の汲心流体術の習い技が出た。

兵馬は上人を突き飛ばすと、着物を掴み屏風を蹴飛ばして部屋を走り出た。ちらっと見た布団の上には、豚のように薄赤く太った半裸の上人がひっくり返っていた。

その喚き声を振り切って廊下を走り、飛び出してきた源爺を突き飛ばして、誰の物とも分からぬ草履をつっかけて走り出た。走りながら、あたふたと着物に手を通す。

庭を突きぬけ寺を出ようとして、ちらっと見た山門の仁王像が大笑いしているように見える。「こん畜生っ」と声に出し、必死に地を蹴った。

月が中天に掛かっていて明るい。どこに向かって走っているか分からなかったが

「おどんは江戸に行く」

と、口にしていた。

息が切れ足も上がらなくなって、ふと振り返ると、見慣れた阿蘇の噴煙が月明かりの中

に浮かんでいた。彼は、八代に向かっていることが分かった。少し冷静になると
――親父どんに話して、江戸に行こう。この土地にはおられんばい。

などと考え、また走り出す。

彼が家にたどり着くと、ちょうど父親が起きたところで井戸端で太陽を拝んでいた。

髪を振り乱して迫る異様な白衣姿が目に入ると、父親は狼藉者とでも思ったであろう、
自分が被ろうとしていた釣瓶井戸の水桶を桶ごと投げつける。

「おどんだ、おどんだあ」

頭から水を被った兵馬が、父親に武者振りつく。ようやく気づいた勘右衛門が、目を丸くしたまま叫ぶ。

「なんごたんかっ（何としたことか）」

ずぶ濡れの水と涙を迸《ほとばし》らせて、兵馬が声を絞り出す。

「なんたらこつ（何と言うことだ）」

彼は顔を拭いながら、叫ぶように言った。

「寺ば止めたばってん、こぎやんこつに・・・・」

「何っ。どぎやんしたとお？」

「おどんば、稚児にするとよ」

事態が分かった勘右衛門は、彼の腕を取ると辺りを窺《うかが》いながら家の中へ引き込んだ。

その騒ぎもようやく収まって、家族が朝飯の膳を囲んでいた。学問をしに寺に行ったのにとんだことになり、食事を前にしながら家族は話しようもなく押し黙ったままだった。

やがて、兵馬が意を決したように口にした。

「おどんは、江戸に行くごたん、親父どん、お祖父《じぃ》どんの出た家ば教えてつかあさい。江戸で学問ばするとよ」

「ふむーっ、江戸か・・・・。おどんも若《わけ》えころ、いつかは江戸に戻るごたん考えておったとばい。こぎやんこつになったれば、ちょうどよかたい。それしかなかと?」

勘右衛門が、顔を捩じりながら妻の伊登の顔を見る。

「なんして、江戸まで?」

「兵馬は早《はや》、ここにはおれんばい。熊本の本山の顔ば潰すごたん、香徳寺の立場もあろう。城主の菩提寺ばってん、おどんも困ったことになる。そっと江戸へ発たせるごたん、支度ばしろ」

そのあとから勘右衛門は、兵馬に外には出るなと言いおいて出かけて行った。あちこち駆け回ったのであろう、夕方近く埃まみれになって帰って来た。

「明日の朝に、菱垣《ひがき》廻船（貨物船）が八代で藺草《いぐさ》（畳用の草）を積んで江戸に向かうごたん、ちょうどよかたい。水夫《かこ》手伝いとしてなら船賃只で乗せるとよ」

勘右衛門は、父勘助の身寄りの江戸伝馬町の滝沢家あてに、兵馬のことを託して手紙を書いた。母親の伊登は、夏冬の衣服を整えたり、仕事着の半纏《はんてん》（上着）やら股引《ももひき》（パンツ）やら揃えて旅支度を整える。腹巻には、一分銀四枚（一両、現在の約二十万円）を縫い込んだ。

「わてが嫁入りすっとき、お母《かあ》どんが持たせてくれた金子じゃて、持って行きんしゃい。江戸ちとこじゃあ何あるごたんか分からんたい」

勘右衛門は、どこでいつ用意したか短刀一振りと家伝の瘡膏《そうこう》（傷薬）一殻（蛤《はまぐり》の貝殻詰め）、それに兵馬が朝晩拝んでいた円空仏を与えた。祖父が江戸から持ってきたものであった。

「武士になるがよかごたんが、今どま江戸じゃあおいそれと仕官など途方《とつけむ》もない、そん時ゃあ、ちゃんとした仏門に入《へ》れ。そげんなこつ、伝馬町宛ての手紙に書いちょるばい」

文化元年（一八〇四）の夏、十四歳になったばかりの兵馬は八代を後にした。

菱垣船（出典；広辞苑 1955 岩波書店）

第二章　断根の受戒

（一）

滝沢兵馬の乗った菱垣船《ひがき》は、太平洋の沿岸各地の港を廻って荷の揚げ下ろしをしながら二か月近い船旅を続けて、ようやく品川沖に着いた。もう秋になっていた。

朝早く着いたが、千五百石（二七〇トン）積みの船腹一杯の荷下ろしに丸一日半も掛かってしまう。全部の荷下ろしが終わったときは、品川宿には二晩目の灯が町並を明るくしていた。

兵馬は水夫《かこ》手伝いに明け暮れ、すっかり潮焼けして逞しくなっていた。さすがこの日はぶっ続けの荷扱いで疲れ切っていたが、ようやく江戸に着いて胸も膨らむ思いであった。

しかし、いよいよ町に足を踏み入れて、華やかな明りの陰に立ち並ぶ大きな家並みを目にすると、都会の不気味さに押し潰されそうになる。歯を食いしばって踏ん張っていた。

江戸に着いたこの一晩だけは、宿場客の安宿である千人宿に泊まる。手荷物を宿に放り込むと、水夫が全員揃って湯屋に行くという。航海中は港に寄っても荷扱いに追われて、海水を浴びるだけで風呂にも入っていない。着替えを抱え十数人がわいわいと押しかける。

「さあーっ、湯女《ゆな》だ。湯女だぞう。頭《かしら》のおごりだ。一杯《いっぺえ》、がっつくぞう」

水夫たちは、ヨダレを垂らさんばかりである。兵馬には何のことかさっぱり分からない。彼がまごまごしていると、水夫頭《かこがしら》がぽんと肩を叩く。

「お前、湯女《ゆな》は初めてだろう？」

と透かして見た。水夫たちが「おごり」とか「がっつく」と口にしていたところを見ると、珍しい江戸の食い物かと思っていた。船では、まともな飯を食っていなかった。

「食うたことなか」

と言うと、水夫頭は白い歯を見せ、彼の背中を力一杯どやしつけた。

「よっしゃ。まかしておけ」

船の中では、兵馬が侍の子ということは知れていた。しかも、朝晩には持ち込んだ円空仏を拝み、暇さえあれば本ばかり読んでいるということで、水夫たちからも一目置かれていた。水夫頭も、何かと気にかけてくれている。

体も髪も洗い潮垢《しおけ》を落としてさっぱりしたところで、脱衣場《ぬぎば》の横の揚がり部屋に入り込む。

襦袢《じゆばん》（下着）姿の女たちが、酒の相手をしたり腰を揉んだりしている。水夫たちは、部屋にたむろする手空《す》きの女に引っぱられて、それぞれ奥に消えてしまう。

まごついている兵馬を見て、何を思ったか水夫頭が肩を押し二階への階段を上がらせる。

水夫頭は、色褪せた紺の暖簾《のれん》だけが下がった部屋の入り口に首を突っ込んで声を掛ける。

「太夫《たゆう》、初穂《はつほ》を連れてきた。祝儀代わりだ」

表向きは湯屋であったが、いわゆる岡場所（女郎屋）である。そこにいる湯女のほとんどはいわゆる女郎で、一番の古手が遊郭並みに太夫と呼ばれ個室を独占《ひとりじ》めしている。岡場所では、童貞の男子は初穂と言って縁起物として珍重される。たいていは、太夫が相手をするしきたりであった。

水夫頭は暖簾の中に兵馬を押し込むと、どたどたと階段を降りてしまった。部屋の中では、華やかな着物に包まれた大女が立膝のまま、くわえていた煙管《きせる》でおいでおいでをする。

「そんなとけえ、突っ立ってないでこっちい来なせえ」

と、自分が座っていた座布団をひっくり返して薦める。その仕草に、八代の嬶《かあ》さんたちに似た感じがして少し親しみが湧き、兵馬は胡坐《あぐら》をかいて座った。太夫が目を細めて言った。

「きりっとした若者だこと・・・。兄いさん、そんなに鯱張《しやちほこば》っていないで、気楽にしなよ。あたいがちゃんと教えてあげるからねえ」

初めて聞く江戸の女言葉で、しかも着飾った大人の女の人である。彼は、何か言おうとしたが肥後弁しか出てこない。

「なんばすっと？」

「この子本当《ほんと》に知らないんだ。男と女のこと。やっぱ、初穂のほんまもんだあ」

彼は、さっきからの騒ぎを思うと、ようやくそのような場所だったかと気づいた。

「おどんま、そげなこつしに江戸に来たのでなかと。こげなとこにおれん。もう帰る」

「まあ、まあ、そう言わずに・・・・。ところで、あんた何しに江戸に来たのかえ？」

「おどんは、学問すっとたい」

「あらあ、嫌だ。がくもんってなんだったかしら。なんか聞いたことあるわよう」

「本ば読んで、色々一杯《いろうろいっぺえ》覚えるごたん、こげなとこにおれんたい。帰る」

「カエル、カエルって青田じゃああるまいし、ゲコゲコ言いなさんな。学問なんてする前に、ここでもって、きちっと一人前の男になるさね。教えてやるって言ったでしょう」

兵馬の手を取ると、自分の胸に引き込む。あっと言う間もなく一方の手で股間を探る。

「なんば、すっか」

彼が逃げかかると、衣装ごと体で覆うように上から被さってくる。男のように大きな女で、いくらもがいても抱きすくめられ、股間は得体の知れない柔らかさで包みこまれる。

彼は腰を引いて跳ね起きようとするが、しっかりと羽交い絞めにされてしまう。

「世話の焼ける子だねえ。それほど学問だか何だかしたいなら、良《い》いもん見せて上げる。湯女《ゆな》たちだって、死に物狂いで学問やってんだ。あれこさ、本まの苦界《くがい》の学問だってばな」

そう言うと、小窓の障子に手を掛ける。羽交い絞めになったままのぞくと、下の部屋は天井もなく衝立で仕切られていて、その中では全裸の男女が様々な恰好《かっこう》で絡み合っている。

彼は「うえっ」と叫んで目を逸らしてしまう。太夫は、抱く手を揺さぶって言う。

「学問だか何だかするって言うんなら、ちゃんと見とおきなさい。あの女《こ》たちゃあ、好きであんなことしているわけじゃあないんだ。みんな担《かつ》ぎ切れないほどの因果を背負ってやってんだ。貧乏家の難儀や親の勝手を背負い込んでるのさ。涙呑み込んでやってんだよう。あれが、あの女たちの学問さ。何さ、お前さんだけ好い顔して『学問する』なんて、生っちょろくひけらかすじゃあないよ」

兵馬は、逃げ出す気も失せていた。太夫も羽交い絞めの手を緩めた。

「おいでよ。頭《かしら》が言っただろう。初穂の祝儀だって・・・。わたしゃあ、学問なんてもんは、分かんないけどさ、こう見えても准提観音菩薩《じゅんていかんのんぼさつ》（諸仏の母）の生まれ代わりだよ。みんなそう言っている。どなたが来たってちゃんと功徳《くどく》をしてるからね。みんな拝んで帰って行くさね。良い観音さんだって・・・・」

兵馬は、品川街道を一人で江戸に向かっていた。歩きながら、時々うめく。

「不浄だ」

そう口にしては、唾《つば》を吐く。そしてまた
「不浄だ」

と言って唾を吐き続ける。昨夜の不浄の思い出を、路傍に吐き捨てようと喘《あえ》いでいた。

もう晩秋の日が傾きかかっている。無性に口が渇き、腹も減ってきた。

路傍の湧き水に気づいて、顔を突っ込んで飲む。千人宿で持たしてくれた竹皮包の握り飯で腹ごしらえしながら江戸に入った。訪ね歩いてようやく、馬喰町にたどり着く。

兵馬は祖父勘助から『関東郡代で幕府普請《ふしん》奉行の伊奈家の家臣に列《つら》なる振矩《ふりく》掛りをしていた』と聞いていた。馬喰町には普請奉行の役宅があり、滝沢家もその屋敷町の外れの長屋に住家《すみか》を与えられていた。武士ではなく、振矩掛り小普請という技能職であった。

滝沢家の当主の規右衛門は、兵馬の大伯父に当たる。

彼は、兵馬の父の勘右衛門からの書状を慌てて開き、手ごと震わせながら読んでいた。

長年の現場回りで日焼けしたのであろう、渋茶色の顔をことさらに曇らせる。額には、寄せた縦皺で井桁模様が出ている。その顔のまま、兵馬の顔をのぞき込んで言う。

「肥後からわざわざなあ・・・。侍になるだってえ?今の御時世じゃあのう・・・・」

深刻な顔で兵馬が見つめる。

「肥後の方でも大騒ぎだったと思うが、長崎辺りにゃあ夷国《いこく》（外国）のエゲレスやオロシャなんてとこが黒船で押しかけているって言うじゃあないか。それを追っ払うのに攘夷《じょうい》とか言って、砲台造ったり、黒船を買ったりで幕府は大物入りだってこった」

規右衛門は、自分までが大物入りになっているかのように、顔をしかめる。

「俺あらの振矩の仕事の元になる普請（工事）なんて、ここんとこばったり途絶えちまっている。ドブ普請でせえもなくなっているだ。子飼いの手のもんでせえ食わしていけねえ」

兵馬が、思わず肩を落としたのを見ながら、さらに駄目を押す。

「今は江戸じゃあ侍になるこたあ容易でないどころか、全くなれないだ。それになあ、学問したいってことだが、昌平坂学問所なんちゅうもんが四、五年前にできちゃあいるけど、偉い人の家の出のもんだけの話で、しかも金持ちでなけりゃあ入れないだ」

規右衛門は、また膝に置いていた書状を取り上げる。

「仏門でも良いって書いてあるが、この節、お寺だって同じ繋がりの寺の者でなけりゃあ入門できないだ。それになあ、学問したい言《せえ》ったって、今どき蘭学でもできるなら別だあけんど、昔っからの儒学やなんかで身を立てることなんぞは夢のまた夢にもおっつかねえ」

襖《ふすま》の陰には、四、五人の子供がのぞいている。

「見てのとおり、うちじゃあ子だくさんで寝るところもないだ。食うのさえ精一杯だ。困ったなあ。そんじょうそこいらの店だって、おいそれと丁稚《でっち》も雇えないご時世だしなあ」

兵馬は、江戸へ行けば学問ができると考えていたことが、全くの夢だったことを知った。

規右衛門夫妻は、兵馬の寝るところをあれこれ相談していたが、結局、二部屋の長屋ではやり繰りがつかなかった。当座は、振矩《ふりく》道具を片付けた物置の土間に戸板を並べ古茣蓙《ござ》を敷いて寝泊まりすることになった。煎餅蒲団《せんべいぶとん》一枚を、なんとか都合してくれた。

それが決まったあと、規右衛門の妻の季世が愛想のない顔をさらに冷たくして言った。

「明日から、日雇いの出面稼ぎの仕事を探してもらあだよう。食い扶持《ぶち》を稼いでもらあないと、うちじゃあ食っていけないだよう」

規右衛門も、季世よりもさらに冷たい顔を造って言う。

「口入屋《くちいれや》（仕事の斡旋業）に行くだ。気いつけろ。熊本弁じゃあ、田舎者《いなかもん》って舐められるだ」

江戸で学問する夢が跡かたもなく砕け散ってしまい、兵馬は答える言葉も浮かばない。

ただ黙って、すり減った畳を見つめてコクンと頭を下げていた。

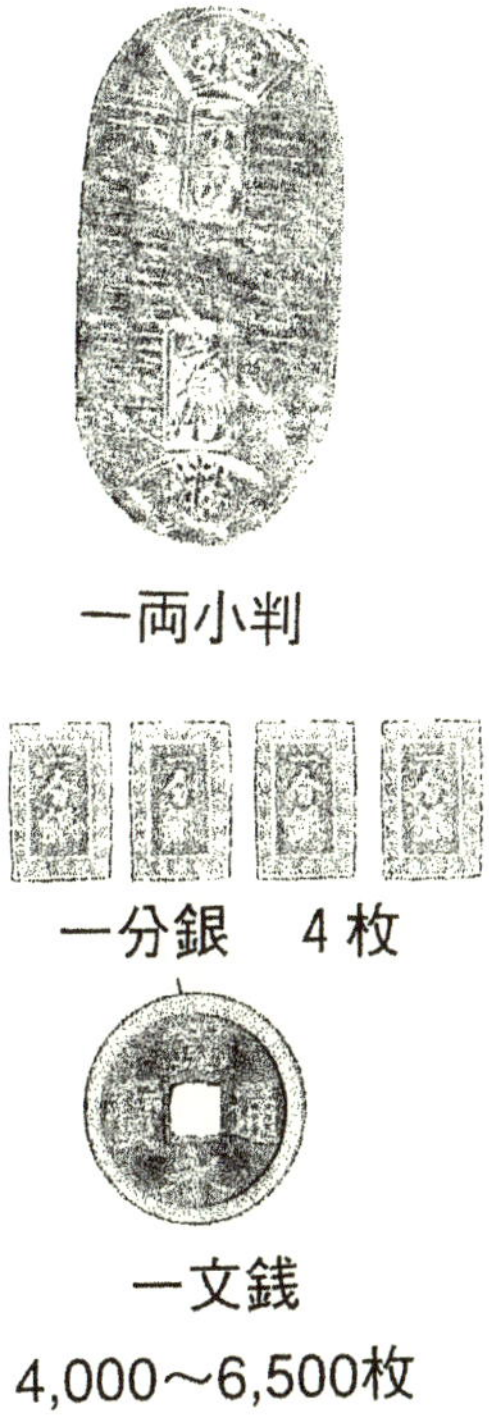

江戸時代末期の金・銀・銅三貨の比較
（出典；参考文献 18、20 抜粋）

（二）

口入屋《くちいれや》の店先には、二、三十人ほどのボロを纏《まと》った男たちが集まっている。何やら、ボソボソ言って待っている。

兵馬はその様子を、眉をひそめて眺めていた。初めての江戸での働き口探しであった。どんな仕事なのか、それができるのかできないのかも分からず、不安なことおびただしい。

しばらくすると、手配師であろう法被《はっぴ》姿の男が紙片を見て突然に声を上げる。

「穏坊《おんぼう》（埋葬）だあ。手練《てだ》れの掘り手三人一組一人五十文、四組いー」（現代の百円が約四文）

すっすっと十人ほどが並ぶ。その身のこなしがいかにも馴れていて、常連のようである。

「九人だ。あと三人、いないかあー。いない？　それじゃあ手伝いで二十文が六人」

どっどっと十人ほどが集まる。手配師は早い者六人を手で仕切り、脇に控えていた迎えの者に引き渡す。その場で口銭《こうせん》（斡旋料）を勘定して、次の口入れに掛かる。

このあと、肥《こやし》（屎尿《しにょう》）集めやドブ浚《さら》いなどがあり、十文の賃金で大方の人が消えて行った。いずれも、非人仕事と言われる汚れ仕事だった。

兵馬は動くこともできず、金縛《かなしば》りにあったようにただ突っ立って見ているだけであった。

そんな彼に、手配師は声一つ掛けずに引っ込んでしまう。

そのとき、懐手《ふところで》していた兵馬の右手は、母親が腹巻に縫いこんだ銀貨を握り締めていた。

――銭にすりゃあ六千文だ。非人仕事なんかやれん。これがありゃあ、居候でごたごた言われることたあなかと。

と思ってはみたものの、学資にという母親の気持ちを無にして食い扶持に回すことはできないことに気づく。こんどは、明日からの仕事のことが余計に心を重くする。

――そんでも、おどんにあげな仕事ばやれんとよ。やっぱこん銭を出そうか。

と、また銭を握り締める。

彼が昼前に手ぶらで帰ると、規右衛門の妻の季世はちらっと見ただけで言い捨てた。

「稼ぎのないもんに食わす飯はないよ」

江戸の大人の女のあからさまな物言いに、一言の言い訳もできずただ俯《うつむ》くばかりである。

それでも夕飯になると、昨晩と同じ麦飯半丼に沢庵《たくわん》二片と具なしの味噌汁一杯を、家族に出した最後に並べてくれる。ふと見ると、規右衛門には鰯《いわし》二匹、子供たちには一匹がついている。募《つの》る不満を一生懸命に追いやって、いつも通りの合掌をして箸をとった。

物置には行燈《あんどん》もないから本も読めずに、煎餅蒲団《せんべいぶとん》に包まって寝るだけである。ぼんやりと、差掛《さしか》け屋根の三角軒《のき》の隙間からのぞいて見える星の瞬《まばた》きを追っていた。いつの間にか涙で星空が曇ってしまっている。

次の日は、なんとしても仕事に就こうと、深く心に決めて出かけた。

最初に五、六人ほどの非人仕事があった。兵馬は早く出かけて前の方に並んでいたのに、なぜか足が動かなかった。少しは増しな仕事をと昼近くまで待ってみたが、運悪くこの日は朝あった非人仕事だけであった。

帰り道では、また腹巻の銀貨を握り締めては考える。

――この金あるごたん、働く気がなくなる。うんだが、稼ぎがなかと学問もでけんか・・・・・。

兵馬が家に帰ると、日が高いのに規右衛門が家にいた。彼も仕事がないのであろう。

「ただ今戻りがした」

と言うに、聞こえなかったようにあらぬ方を見たままだった。

ふいに彼は腹巻を探った。四角い一朱銀の角で擦り切れた穴に指を入れてまさぐる。取り出した銀貨四枚を、掴んだ手のまま規右衛門の前に差し出す。

「こん金ば預かって」

四枚もの銀貨を見て、規右衛門は腰を浮かせる。

「そんな大金どうしただあ？」

その大声に、勝手場から季世が顔を出した。彼女はあっと言う間に銀貨をひったくる。

「これだけありゃあ、うちの食い扶持は一年分助かる。預かっとくよ」

規右衛門はそれを止めるのも忘れて、目を丸くして言う。

「なんの金かあ？」

「お母《かあ》どんが、学問の足しにと・・・・。これば持ってると、働く気になれんごたん」

夫婦で言い合った末、一応は規右衛門が預かることになった。

兵馬はそれからしばらくの間、すっかり無気力になってしまい仕事にありつけなかった。

そんなある日、口入れ屋の店先で彼がぼやーっと考え事をしていると、不意に大声が上がった。

「菱垣船《ひがきせん》の荷下しー。沖中仕五人一人百文だあ、素人人足《しろうとにんそく》は十人まで一人三十文」

と、手配師が叫ぶ。脇には、丸に三の字と端に三河屋と書いた小旗を持つ迎えの者が待っている。列が崩れて、ど、どっと旗のところに並ぶ。

兵馬は「菱垣船《ひがき》」と聞き、とっさに船旅を思い出した。周囲にもつられて、やにわに小旗めがけて走った。沖中仕の方はばらばらと二、三人が寄ってくる。素人の方はどたどたと十四、五人も集まってしまう。手配師と三河屋の男が話し合い、沖中仕の足りない分として、一人二十文で全員を連れて行くことになった。

墨田川の川端から舟に乗せられ、佃島の河岸《かし》に着くと菱垣船が待っていた。

沖中仕は米俵や筵《むしろ》束、それに大きな箱物などを桟橋《さんばし》を使って担ぎ下ろす。素人人足はその間を縫って雑貨小物を抱え下ろす。その日、兵馬は初めての稼ぎの二十文を貰った。

その銭を規右衛門の家内の季世に渡すと、とたんに笑顔を見せる。

昨日までと違い、規右衛門と同じように鰯《いわし》二匹がつき、飯茶碗でお代わりもできた。季世と子供たちは鰯一匹だった。彼は、江戸のせち辛さをつくづくと思い知るのであった。

兵馬は、その後も口入れ屋に通って日雇い稼ぎを続けていた。仕事もあったりなかったりで、食い扶持を稼ぐのがようやくであった。

その内に、年少でも読み書きができることから、酒屋の住み込みの小僧となった。体は楽であったが、生き馬の目を抜くという江戸の丁稚奉公は、純真な少年には酷であった。

酒の味や量目に難癖つけられるは良い方で、掛け売りの金を踏み倒され、番頭から大目玉を喰らう。小僧仲間の夜遊びや賭け事は目に余る。下働き女のふしだらさには手を焼く。

そのようなとき、たまたま店主を訪ねてきた真言僧の明満上人に目を開かされる。

「わしが甲斐《かい》（山梨県）から江戸へ出たのは、このくらいの小僧だった。八年頑張ったが、江戸の暮らしは性に合わず、僧侶になった。苦労は稔ることがある。辛抱が大事じゃ」

自分と同じ境遇から仏門を叩いて高僧になった話に、彼は心を振るい立たせていた。

しかし、現実の生活は厳しく、仏門を叩く折もなく徒《いたずら》に二年余りが過ぎてしまう。

兵馬は、元服の祝いもないままに十五歳になった。すでに酒屋の小僧は止めてしまっていて、いつしか口入れ屋では一端《いっぱし》の常連になっていた。

彼が再び定職にありついたのは、ふとした出来事からである。

浅草の表通りに店を広げる提灯《ちょうちん》屋の丸照で、臨時の手伝いを雇った。

この節、倹約令が出されていて冷え切った世情だったが、花見には江戸の商人のしきたりや面子《めんつ》もあり名入りの提灯出しは欠かされないようで、一時の繁忙期を迎えていた。

番頭に従って、紙や竹ひごなどの仕入れに荷車を曳いて行って運んでくる。それが終わると、エゴマ油を塗ったばかりの提灯を中庭の綱にぶら下げて干すなどしていた。

昼休みになると、職人たちは花札に興じていた。兵馬が、することもなくぼんやりと仕事場を見ていると、文字職人が下書きをした紙を捨ててある。それを見ると、彼は無性に字が書きたくなった。墨丼《すみどんぶり》に突っ込んである筆を取って、同じように書いてみる。字習いをしているような楽しさがあり、ついつい幾つかの字を書いていた。

「お前、字が書けるのか」

驚いて振り向くと、主人が出かけるところだった。

「八代《やつしろ》の教衛所で筆習いしたばってん、書くことはできると」

不意のことで、思わず熊本弁が出た。

「肥後か。筆字を習ったらしいが、ひょっとして武士の子か？なんでまた江戸へ・・・・」

「お父親《とう》は、八代の藩士だが、俺《おい》は学問したくて江戸に出て来た」

「学問を？道理でのう。ちょっとそこの紙に、この通り吉田屋久兵衛と書いて見ろ」

兵馬は八代にいたころ、剣の素質はさっぱりだったが筆使いは子供離れしていた。

「これは使える。芯が通って真っ直ぐだ。性根も真っ直ぐってことか。原稿《もと》書きの先生が死んじまって困っていた。ちょうど良い。これから毎日《まいんち》来て、提灯《ちょうちん》や番傘の原稿字を書け」

提灯や番笠に屋号などを書き入れるための、原稿になる文字書きをすることになった。

原稿字の書き手を先生と呼んで、筆の立つ浪人を雇っていたらしい。よほどの古手職人は別だったが、普通の職人たちは先生の字を見ながら小筆で輪郭を書き、あとから太筆で中を埋めて仕上げるのである。

兵馬が太筆で一気に書き上げる字を見て、古手の職人たちさえも舌を巻いた。

次の日、彼は馬喰町の伯父の家は引き払い、丸照の住み込みとなった。

ひと月もすると、日雇いながら日給月給という日給計算の月手当が出るようになった。その内には、盆暮れには心づけ（ボーナス）の出る一端《いっぱし》の先生扱いになる。

一年もすると、浅草界隈で彼の評判が立つようになった。筆勢があり、字が生きている。名指しの仕事が入るようになり、寺や神社の大提灯や、看板書きの仕事まで入ってくる。

これがやがて、唯念行者となった彼の『南無阿弥陀仏』の名号碑の揮ごうに繋《つな》がっていくことになるが、それは数十年後のことである。

仕事は順調だったが、文字書きは職人仕事の域を出ない。兵馬の学究心は燻《くすぶ》っていた。

――こんなことをしていても、学問はできない。高潔な人間など程遠い。学問ばしたい。

そんな日が続いていたある日のことである。兵馬が、店先の仕事場で看板書きをしていると、一人の年寄りの僧侶が店先の床几に腰を下ろした。にこやかな澄んだ目で看板の字を見ていたが、案内も請わずに店に入ってきた。

「若いに似ず、巧い字じゃ。いや、巧過ぎる。もう少《ち》と下手が良い」

「下手・・・・」

自尊心を傷つけられたと言うには違っていた。何か初めて教わったような気がした。

「無心じゃよ。無心になることじゃ」

「どうしたら無心になれがすか」

「寺に来ると良い。四ツ谷の西方寺じゃ」

それが、兵馬が座禅を組むようになったきっかけだった。

「ここは禅寺ではないが、座禅の修行はできる。このように座って、心を無にするのじゃ」

兵馬が不思議そうな顔をして上人に聞く。

「念仏を称えなくともよかと」

「禅は文字に立たずと言って、お経や念仏を称えることとは別の修行じゃ」

「なんの修行を?」

「心を無にして、真実の自分を求めるのじゃ」

兵馬は、暇を作っては座禅を組むようになった。いく分は、無心の境地に近づいていた。

そんなある日、彼が仕事を終えて井戸端で筆を洗っていると、女衆《おんなし》（女中）の古手のお満が洗濯物を抱えてやってきた。横に座ると、兵馬に体を寄せ乳房を押しつけて言う。

「下帯の洗濯しとく。独りで淋しいよね。あとでわっちが嬶《かあ》ちゃんの代わりして上げる」

きつく断ったのに、家中の灯が消えると彼女は作業場の奥にある男部屋に忍んできた。力づくで追い出して、心張棒（戸締まりの支え棒）を掛ける始末である。

挙句の果てには、品川の湯屋の太夫との不浄の夢に、男の精が暴発する。

そんなことが続いていたあるとき、思い余って西方寺の上人に聞いてみた。

「不浄の夢を断ち切るには、どうすればよかですか？」

「自然の摂理までは無にできんわな」

と一笑に付される。彼が心に掛けている心身の高潔さは、ますます遠のくばかりであった。

その後も、お満にはほとほと手が焼けて困り果てていた。それにも増して、職人たちのふしだらさは目に余る。博打や酒のみに岡場所への誘い、それに強請《ゆす》りまがいの借金に、怨嗟《えんさ》、陰口等々。彼は、江戸に身の置き所がなかった。

またも、西方寺の上人に相談した。

「お前は仏門に入るが良い。ただし、今の江戸では難しい。わしが見つけてつかわそう」

しばらくすると、西方寺から使いが来て伝えてきた。

「下総《しもうさ》行徳にある徳願寺の弁瑞上人を訊ねよ」

滝沢兵馬は、江戸でのしがらみの一切を捨てて、身一つで弁瑞上人の下に身を寄せた。

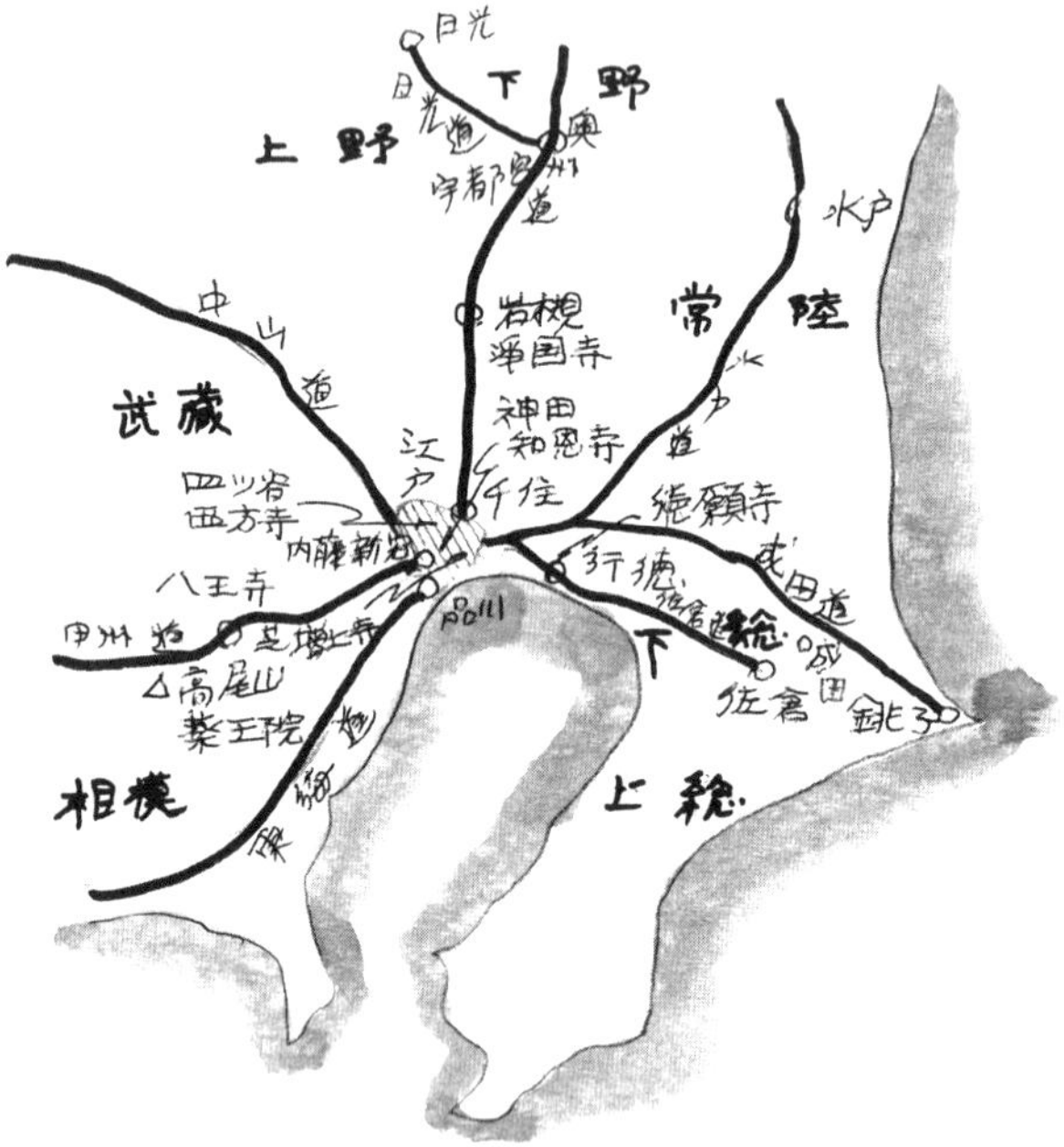

関八州街道図
(唯念上人縁りの寺院)

（三）

「こらあーっ、何をしちょる」

弁瑞上人は襖を開けると、異様な叫び声を上げて兵馬に飛びかかった。同時に、兵馬の脇の短刀を足で蹴上げる。短刀が板壁に飛び突き刺さる。

兵馬の白の浄衣は前がはだけ、血に染まっていた。書見机や辺りの畳にも血が散っている。彼は、両手で股間を押え息を詰めたままだ。

文化三年（一八〇六）の冬、兵馬十六歳のときである。剃髪受戒して僧籍に入る得度《とくど》の法要を、二日後にした日のことであった。

彼が江戸を出て、下総の行徳村の徳願寺に来て一か月が過ぎていた。

この寺は、普光院という草庵であったが、慶長十五年（一六一〇）に浄土宗の地方本山の海巖山徳願寺となった。貫主の弁瑞上人は高名な念仏行者で、誓誉の称号を授かっている。

昨日の朝の勤行《ごんぎょう》を終えたあとで、弁瑞は彼に向かい

「いよいよ得度じゃな。今日明日のわしの空いたときに呼ぶ。いろいろと話がある」

と言い渡していた。

この日、檀家総代の家で葬儀があった。弁瑞はいつものように、法要のあとの忌中膳の会食を断って、行きつけの百姓家で蕎麦《そば》の水掻きを馳走になって帰って来た。このころ、弁瑞は木食行を続けていて、精進料理も口にせず食事はほとんどこの蕎麦掻きであった。

会食の行事がなかったために、ちょうど夕方までの一っ時（二時間）ほどが空いていた。帰りしなに自分のところの裏門脇にある僧坊に寄って、兵馬を呼ぼうとしたのだ。

兵馬のことについては、江戸の四谷にある西方寺から話がきていた。八代の藩士の出という通り、きちっとした態度で懸命に入門を申し出たのをその場で認めて、とりあえずは僧坊に入れていたときである。

弁瑞は、兵馬がどのような経緯《いきさつ》で仏門に入ろうとしたのか、そして彼がどこまで本気で得度を受ける覚悟ができているのかを確かめる積もりだった。これまで貫主の仕事に追われていて、仏門の仕来りなどは僧坊の方に任せたままで、ゆっくり話したこともなかった。

兵馬は血の気の失せた顔を歪めて言葉も出せず、両手で股間を押えたまま唸っている。

「何をしでかしたのだ？」

弁瑞が彼の肩に手を掛けた。そのとたんに、兵馬の股間からころりと貝殻が転がり出た。真っ黒な中味がはみ出していて、つーんと膏薬《こうやく》の匂いがした。

弁瑞は部屋に入って血に染まった兵馬を見た瞬間に、彼が得度を前にして絶望の余り自殺を図ったのかと思った。だが、傷に膏薬をつけたということは、そんなことではない。そう考え直して辺りを見直すと、机の脇に親指ほどの肉片が落ちている。

「どこを切ったのだ？」

兵馬が、苦悶に歪めた口をようやく開いた。

「不浄の・・・・、元を・・・・。うっ」

「ふ、じょう？」

弁瑞はそう言ってから、もう一度肉片を見て気づいた。

「なんだって、そんなことを？ 馬鹿もんめが・・・・」

兵馬が目を剥きだして言う。

「不浄の元を断ち切ったばってん、仏門に入れておくんなせえ」

「それまでして・・・。馬鹿者」

最後の一言はつぶやきに近い。弁瑞は、大きくへの字に曲げた口を元にもどした。

「見せてみよ」

縋るように見つめる兵馬に構わず、裾を開いてのぞき込む。

「うむーっ、縛《しば》ってから切ったか。血は止まっている。なんの膏《こう》薬《やく》だ。これは・・・・」

貝殻を取って臭いを嗅ぐ。

「家伝の瘡《そう》薬《やく》です。刀傷の・・・・」

「このままではいかん。医者だ」

弁瑞は「おーい」と叫んで、両手をポンポンと柏《かしわ》手《で》に打った。兵馬の裾を揃えている間に、どたどたと若い僧たちが寄って来る。

「大怪我だ。戸板に乗せて順庵先生のところに運べ。わしも行く」

折よく順庵は在宅だった。

「断根しおって・・・・」

と言う弁瑞の説明に、順庵はおおむ返しに
「断根？今どき、なんと言うことを・・・・」

と口にしながら、眉を寄せたまま兵馬の顔をのぞき込む。それには、弁瑞が答えた。

「得度を前に、不浄の元を断つって言うてのう。短刀で切りよって、家伝の膏薬をつけていたが・・・・」

順庵が前を開いてのぞき込み、手で触れる。

「何だ。尿道のこの固いものは？」

苦痛に耐えているのであろう兵馬が、きつく目を閉じたまま口を開いた。

「笹竹を・・・・。尿がでるように」

「ふむーっ。尿道に竹を入れ、外を絹糸で結わえてその先を切っている。外科でも、ようやらん。瘡薬らしいが、効くかも知れん。あとは様子を見るだけじゃが・・・・」

弁瑞が、大きく顎を引く。一様に驚きを隠さない皆を見回して、順庵が言った。

「池に氷が張っているだろう。きれいなものを油紙と晒《さらし》に包《くる》んで傷の周りを冷やせ」

寺男が池に張った氷を割ってきて、兵馬の股間を昼も夜も冷やした。三日ほどは熱もあって周囲まで腫れていたが、看病の甲斐があって五日目にはほとんど腫れが引いた。

もう一度、順庵のところで診察を受けた。傷口が癒着したのを確かめたあとで、結わえていた絹糸を解いて差し込んでいた竹を抜いた。

兵馬が普通に生活できるようになって少し経ったとき、弁瑞は彼を書院に呼んだ。

「ああまでして仏門に入りたいと言うことは、何か深い理由《わけ》でもあるのか？」

兵馬が、はっとして弁瑞を見つめる。しばらくして、ぼそっと言った。熊本弁が出る。

「おどんは、学問ばしたい」

弁瑞が目を剥く。温和に話していた声を少し高くした。

「学問？」

「生き様の純粋ば求めて・・・・、高潔な人間になりたい」

「高潔？それで仏門に入るのか・・・・」

「八代《やつしろ》で武士になるため教衛所に入ったばってん、武士の空《あき》がなかでした。そいで、学問したくて江戸に来たごたんが、武家にも学問所にも寺にも入れんとよ」

さらに、四谷の西方寺の上人の薦めでここの徳願寺に来るようになった経緯《いきさつ》を話した。

弁瑞が、二度三度と深くうなずく。

「それゆえ煩悩を断ち切ると考えたか・・・・」

「不浄な夢ば見とおっては、身も心も穢れる。それに精を止めようとしても止まらんたい。そいで不浄の元を切ったと・・・・」

弁瑞が、顎を引いてじいーっと彼を見つめる。静かな池のように澄んだ目だった。

「人にはそれがあるから煩悩がある。それは人間にとって、いや神仏でもどうしようもないことだ。それの元を切り取ったところで、煩悩は消えぬ。男の精は断つことはできぬ。高潔な聖人であっても、不浄な夢を断てぬと言う」

兵馬が，じぃーっと見つめる。

「不浄なものはそればかりではない。昔の偉い坊さんは、厭離穢土《おんりえど》といって、穢《けが》れた世界を厭い離れることが修行だと言っている。人は、心得でもって穢れから離れるのだ」

目を輝かせて見つめている兵馬を見ながら、弁瑞が続けた。

「『それ三界に安きことなし。最も厭離すべし』として、六つ迷いを取り上げている。一に地獄、二に餓鬼、三に畜生、四に阿修羅、五に人、六に天だと言う」

「人も、天も・・・・。ですか？」

「よく気づいた。人こそ穢れと迷いの元じゃ。天とて日の光や雨水の恵みだけではない。嵐もあれば雷《いかづち》もある。天災と言うではないか」

兵馬が深くうなずいている。弁瑞が続ける。

「仏門に入ったならば、その迷いから離れるために修行するのじゃ。男の精などは人の迷いの内のわずかの一つに過ぎぬ。いや、いや、それにも入らぬ。自然のままの精は、厭離すべきものでもなんでもないのだ。いいか、良く考えよ。厭離すべきは迷いの心じゃ」

弁瑞が、微かに笑みこぼす。

「まっ、それにしても、高潔な人になるために学問したいとは立派なものだ。その心を、ずうーっと持ち続けることじゃな」

兵馬が、畳に手をついて深く頭を下げた。

「ありがとうさんでごじゃあました。目の前が開けたような気ばするとです。どうか得度の儀ばお許しくださるようお願げえ申し上げます」

感情が高ぶると、ともすれば熊本弁が口から出かかる。それでも、最近になってようやく話せるようになった江戸弁を一生懸命に口にしていた。

弁瑞が、大きくうなずく。

「得度は正に入り口じゃ。修行は一挙手、一投足、一瞬、一刻、一日、一生じゃ。わしと一緒に仏の道を求めて念仏を称え続けようぞ」

しばらくの間、静寂が続いた。風花《かざはな》であろうか、書院の庭の布袋竹《ほていちく》が微かな音を立てる。

弁瑞上人が、すでに用意していたのであろう、硯の墨を二度三度と擦り直して筆を取った。

「そこもとの称号じゃや」

薄くも濃くもない墨で、端然と『唯念』の字が書かれていた。

（四）

「唯念、どうじゃ、仏門の境地は？」

頭を丸め白に薄墨の浄衣を重ね着した唯念は、徳願寺の修行僧がもうすっかり板についた感じである。徳願寺の書院で、貫主の弁瑞上人の横に座り墨を擦っていた。

弁瑞が、墓碑の南無阿弥陀仏を書くのを手伝っていた。

「寺の生活のことですか？私めには極楽です」

唯念も江戸弁が身についてきていて、しかも言葉の端々に明るさが戻っていた。

彼がこの寺に来て、ちょうど一年が経ったときである。特別の取り計らいで貫主付きの修行僧となって、上人直々の指導を受けていた。

「極楽か。そう言えば、この間読むように言った例の『往生要集』はどうだ。読破できそうか？あの中にも極楽とは何か詳しく書いてある。そこまで読み進んだのか」

弁瑞が、ちょっと笑みをこぼしながら言う。

『往生要集』は、浄土宗の教義とも言われる。博学で有名な源信（天慶五年（九四二）生）で別名恵心僧都が著し、宋国（中国）に送られて、あちらの高僧たちの尊敬を集めたという伝説もある。和学の宗教書としても高い評価があるが、その漢文は難解なことでも名高い。

「今まで読んだ書物の中でも、飛びぬけて難しいです。あれこれと推察を重ねてようやく理解することが多く、それが返って遣り甲斐でもあります。ようよう、五分の一ほどは進みましたでしょうか」

弁瑞が笑みをこぼしたのは、唯念が難解さに音を上げて投げ出しているのではとの疑念からだった。弁瑞自身も、この本の解読にはほとほと手こずった。唯念も多分同じであろうという、少し揶揄《やゆ》するような気持ちもあっての笑みだった。五分の一読破と聞き、弁瑞は笑みを消した。

「あれを、一か月で五分の一も・・・・、それは凄い。わしは他人《ひと》の助けを受けながら、それだけ読むのに半年近く掛かった。一章目の厭離穢土《おんりえど》は、字を見ればどうにか分かる。二章目の欣求浄土は項目が分かり易いのに、内容はかなり難解じゃが・・・・」

続いて弁瑞が、真顔になって質していく。唯念がそれに答える。

「欣求浄土は分かるな」

「浄土に生まれることを願い求めること」

「聖衆来迎の楽とは？」

「極楽往生を願うと、菩薩が迎えにくるという楽しみ」

「蓮華初開の楽とは？」

「極楽に生を受けると蓮華が最初に開くという楽しみ」

「身相神通の楽とは？」

「極楽に生を受けると神通力を得るという楽しみ」

「五妙境界の楽とは？」

「極楽ではすべて感ずるものが楽しみ」

「快楽無退の楽とは？」

「極楽では楽しさがなくならないという楽しみ」

「次の楽は？」

「引接結縁の楽で、極楽には縁のある人を連れて来られるという楽しみ」

「次は？」

「聖衆倶会《くえ》の楽で、極楽では聖者たちと一緒にいることができるという楽しみ」

「次は？」

「見仏聞法《けんぶつもんぼう》の楽で、極楽では仏に会って教えを聞くことができるという楽しみ」

「以下どう続くか？」

「随身供仏《ずいしんくぶつ》の楽で、極楽では思いのままに仏に供養できるという楽しみ」

「増進仏道の楽で、極楽では悟りの道に進むことができるという楽しみ」

ここでこの章が終わっていた。唯念が弁瑞を見つめると
「次は？」

と言う。

「ええっ、あっ、次は第三章の極楽の証拠です」

「おうっ、二章が終わっていたか」

弁瑞は驚きを隠さなかった。

「みごとおっ。それにしてもよくぞ理解し覚えたものだ。本当にお前は仏門に入るために生まれた人間じゃなあ」

「恐れいります。でも、やはり初めは難解でした。なんとか読み進むうちに、理解できるようになりがした。あのような浄土が、私の心底《しんそこ》から望んでいる世界だと分かりました」

弁瑞は、舌を巻く思いだった。彼はそれを押しやるように、墓碑を書こうとしたが、筆に出そうとした手を止めた。ちょっと惨《むご》いとは思ったが、ずうーっと気にもなっていた。

「半歩か一歩か分からぬが、少しは浄土にも近づいたということだ。ときに、どうじゃ。不浄の夢は見なくなったか？」

「いけませぬ。いくら念仏を称えながら寝ても、どこからか現れます。つくづく修行が足りないと、日夜もがいております。ああまでして、まだ男の精が断ち切れぬことに思い悩むばかりです。高僧でも夢だけはままならないとのお話でしたが、まだ他に方法があるように覚えて、思案を続けています」

隠すことなく、素直に本心を言えるようになっていた。身根を切り取っていても、夢に出る品川宿の湯女《ゆな》の太夫に挑まれると、男の精の暴発は止めようもなかった。

生身の人間であることは、とうてい否定できるものではなかった。それはそれとして、上人直々の指導により、いよいよ真剣に修行に取り組んでいた折であった。

「その方法は、ないことはないが、若いお前にはちと苦行じゃぞ」

「以前に、千日回峰の修行を積めば消えると聞いたことがあります。何時かはやらねばならないと思ってはおりますが、まだまだ私ごときには、無理なことでございます。今できる何かよい方法があれば教えてくださいさい。やってみとうございます」

「木食行《もくじきぎよう》というのがある。肉や魚を断つのは言うまでもないが、その上に多くの穀物を食せずに修行をしなければならない。必要最小限の食餌じゃによって、不浄なことなど起きる余裕がない。ただし、食わないことだけのものだが、実行するとなると実は命懸けの修行じゃ」

「それはどなたが、いつごろから始められたのでしょう?」

「相変わらず学問好きなことじゃのう。そうさ、今から二百五十年ほど前の話だ。尾張の生まれの方じゃが佐渡島の檀特山などで修行した木食弾誓《もくじきだんじょう》(天文二十年(一五五一)生)という浄土宗捨世派の修験《しゅげん》念仏行者がおられる。そのお方が始められたが、弟子などには木食と称号する僧が沢山おられる。知ってのとおり、わしは水捏《みずこ》ねの蕎麦《そば》が主食だ。他の穀物はほとんど食わぬ。日常の食はすべて木食じゃ」

「そうでしたか。和上は蕎麦が好物ゆえに常食しておられるとばかり思っていました。ぜひ、その木食行を私に教えてください」

「お前はもう一人前の体だが、それは外見だけで、まだ修行ができていない。その行に入るためには、行者として心身共に鍛えてなければならん。鍛え上げた精神力と体力でないと、行を中途で投げ出すか、寿命を縮めることになる。」

「心身をどのように鍛えるのですか?」

「本来は、行者となって修験道を究めなければならない。仏門にある者は、それぞれの寺なり聖地で、行者と同じように修行を積むことになる」

「千日回峰のように修行を?」

「それは、木食行をはるかに越える仏門最高の難行じゃ。ただ、身命を賭す心構えはそれに近い。ありがたいことに、これには便法がある。木食行を段階的に実行するのじゃよ。一日やって一日休み、二日続けて二日休み、以降三日、四日と伸ばし、一旬、半月、一月、二月、三月、半年、一年、二年、三年と伸ばす。体を慣らしていくのじゃ。わしはそのようにした」

「分かりました。先ずは、心身の鍛錬をしとうございます」

「それがよい。そのためには修験道を習うとよい。一つは、修羅界《しゅらかい》という相撲だ。相手がいないときには、大木や大石を相手にして押し上げる。次は山林走破、まさに回峰だ。経文を称え、あるいは称名しながら、山林に限らず野でも道でも走り廻って修行する。その気さえあれば、一人でどこでもできる」

　唯念が、目を輝かせて聞き入っていた。

　弁瑞上人は、ようやく墓碑を書くことを思い出して筆に手を出そうとした。唯念が早速に大硯の墨を含ませて筆を馴らし始める。その手付きに弁瑞が目を止めた。

「お前は、筆使いをするのか？」

「子供のころから筆に親しんでおります。江戸では看板書きなどをして食っていました」

「この墓碑を書いて見よ」

彼が書き終わると、弁瑞が立ち上がって見入る。

「見事じゃ。わしより闊達《かったつ》じゃのう。よし、これからは墓碑を書くのはお前に任す」

以来、徳願寺の檀家の墓碑はほとんど唯念が手掛けるようになる。

次の日から唯念は、いつもより一っ時（二時間）ほど早く起き出した。

念仏を称え、寺の周りをぐるぐると走り廻る。冬だったが浄衣は脱いで、襦袢《じゆばん》（肌着）は捲り上げ下帯だけという恰好であった。息の続く限りの半時ほど廻ったあとからは、境内の楠《くすのき》の大木に腕を突き立てて押し上げる。

八代の教衛所で、武道の訓練を怠っていた兵馬とは、別人のようであった。

修羅界については、先輩の寺僧に教わった。彼はもともと修験者上がりの僧だった。七十歳を超えていて日柄一日中念仏三昧だったたが、修験の業《わざ》は今でも身についていた。

修羅界という相撲は、修験道の重要な行法で十界修行のうちの一つとされ、寺僧はこの年になっても初めての唯念などは一たまりもなく押し潰してしまうほどであった。山林走破も十界修行の一つで地獄界の荒業とされていて、唯念が後をついて行くのもようやくであった。しかも、息も切らさずに「南無阿弥陀仏《なんまいだぶー》、南無阿弥陀仏」と称名《しょうみょう》を続けて走る。

半年ほど続けただけで、唯念の体は見違えるほど締まってきていた。

その体つきを見て、弁瑞が口にした。

「逞しくなった。もう木食行《もくじきぎょう》に耐えられるであろう。あとは精神力じゃが、お前なら大丈夫だ。一つだけ言うておくことがある」

唯念が、真剣な目を向ける。

「木食行は、心と体の穢れを浄化するための行じゃ。あらゆる煩悩を断つためだ。もちろんのこと、不浄な夢や精を断つためだけではない。あらゆる煩悩を断ち、心も身も清める行であることを忘れてはならぬ」

この日以来、唯念は修羅界と山林走破を続けながら木食行に入った。

弁瑞上人の指導で、五穀断ちから始めた。五穀とは、米、麦、稗《ひえ》、粟《あわ》、黍《きび》のことで、食べられるものは木の実、蕨《わらび》、独活《うど》、じゅん菜《さい》、蓮根《れんこん》、玉蜀黍《とうもろこし》、大豆、小豆、黒豆、蕎麦《そば》などである。もちろん魚や肉は食べない。主食は蕎麦が多い。食物の調理には、煮たり焼いたりして火を通さないから、蕎麦《そば》は水捏ねである。

一日間の行から初めて、一か月間の行に達するに七か月余りかかっていた。

次は十穀断ちに入った。これは五穀の他に大豆、小豆、黒豆、玉蜀黍、蕎麦を食べない。これも一か月の行に達するのに七か月余りかかる。

十穀断ち一か月達成で、体内器官が原始に近い自然の体調を取り戻した。唯念の体は筋骨ばりの逞《たくま》しい体となっていた。

弁瑞も、その行を共にしていた。彼自身も、重大な決心をしていたのである。

「まだ、ようやく一か月じゃ。ここで行を止めてはいけない。これまでの難行が無になる。木食行《もくじききぎょう》は一生続けようぞ」

唯念も、ゆるぎない決心が固まっていた。

修羅界を続け、合間には読書に読経と写経の日々を過ごしてきていた。もちろん、心身の修行が進み、だんだんと煩悩や不浄の業《ごう》を克服することが叶うようになってきていた。

第三章　蝦夷地の念仏踊り

（一）

徳願寺の貫主の弁瑞上人が、寺社奉行の急な呼び出しを受けて江戸に行って来た。

「おい、お前を蝦夷地《えぞ》（北海道）に連れて行くが、よいな」

帰って来るなり唯念が呼ばれ、まさに青天霹靂《せいてんへきれき》の話だった。

「どう言うことでしょう?」

「どうもこうもない。奉行直々のお達しだ。他に、曹洞宗と真言宗からも高僧たちが出る。浄土宗はうちに白羽の矢が立った。主従二人の枠だと言う。お前が適任だ。覚悟しておけ」

有無を言わさぬ言い方であった。

唯念としても、いずれその内には廻国の修行に出たいとは思っていた。さし当たり、京都や奈良の由緒ある仏門を叩きたいなどと考えていた折だった。さらには、仏教の聖地の天竺《てんじく》（インド）までもと夢が膨らんでいた。中国渡来の仏教書の原典が、彼の地の梵語《ぼんご》（サンスクリット）であることはすでに学んでいた。修行を積んで仏教の奥義を極めるには、その途《みち》以外にないとまで思い定めていたのだ。

蝦夷地なぞ考えてみたこともなかった。

「蝦夷《えぞ》地で学問や修行がかないましょうか？」

反対の余地を与えないつもりの言い方をしたのに、暗に拒否の意思表示にあって流石の弁瑞もぐっと詰まった。幕命ゆえ、反対できないのは明白であった。そればかりか、個人の修行を考えても、あるいは宗門の利を計っても何の益のないこともはっきりしている。幕命以外に大義名分がなかった。弁瑞の視線が宙を泳ぐ。ちょっと間をおいて
「浄土は天上天下至るところにあり。まさに仏陀の教えのとおりだ」

と言ってみて自分でも納得したのであろう。笑を漏らした。案の定、唯念が乗ってくる。

「地獄に身を置くのも、修行でしょうか。よろしゅうございます。お供します」

「未開の地ではあるが、地獄ではない。アイヌ民族が住む土地じゃ。人が住むということは、仏土であることは間違いない。まさに仏身仏土不二（仏身も浄土も同じ）じゃ。念仏一途で極楽となろうて・・・・」

「それは分かりました。もう一つ教えておいてください。なぜ蝦夷地なんでしょうか」

「おうっ、それだ。奉行もわれわれを説得するのに、幕府の内情を隠すことなく説明した。ということは、それほど難しいということでもある。大体こんなことのようだ」

『――近年（徳川時代中期）、国中至るところでしばしば旱魃《かんばつ》によって飢饉《ききん》が起きている。

旱魃で荒れた土地に、追い打ちを掛けるように大洪水が襲う。さらに致命的だったのは、天明三年（一七八三）の浅間山の噴火であった。噴煙は世界中を覆い、日本の各地で大冷害を起こした。殊に奥州（東北地方）は深刻な飢饉に見舞われている。いわゆる天明飢饉で、天明八年までの五年間に及ぶ。

幕府は、禄高《ろくだか》（生産）の減少で財政がひっ迫していた。老中の田沼意次は禄高を確保するために蝦夷地の開拓を企てて、調査に着手している。折しもロシアの蝦夷地への進出が盛んとなり、国防上からも寛政十一年（一七九九）には東蝦夷地を幕府直轄領としている。翌年には伊能忠敬に蝦夷地の測量を命じた。続いて、享和二年（一八〇二）には蝦夷奉行を置いて蝦夷地の支配を図っている。後の箱館奉行である。

蝦夷地の開拓には、アイヌ民族の順化が欠かされない。そのため仏教の普及が喫緊《きっきん》（急を要する大事）の施策であるとされている。

蝦夷胆振国《いぶりのくに》有珠《うす》村の有珠山では、すでに天長三年（八二六）比叡山の慈覚大師が自ら彫った阿弥陀如来を安置して開山している。その後になって松前藩の祈願寺となり、信州（長野県）の善光寺と同じ三尊仏を安置し、浄土宗の大臼山道場院善光寺となっている。

さらにその後の文化元年（一八〇四）に将軍家斉の命によって蝦夷三官寺となる。浄土宗、曹洞宗、真言宗の共管となって、アイヌ民族への布教拠点となった――』

文化五年（一八〇八）の夏に、弁瑞上人と唯念は、他宗の僧侶たちと出羽国《でわのくに》（山形県）酒田港からの廻船に乗り松前に渡った。松前奉行所より案内人がついて、陸路を胆振国《いぶりのくに》有珠村の善光寺に入った。

唯念十八歳の年であった。

一行が到着すると、正装の役僧たちが合掌をして並んで出迎える。簡単な挨拶が交わされたあと、続いて一人の年配の武士が工藤弥右衛門と名乗り、自己紹介をした。津軽弁であろうが、ひどく分かりづらい言葉だった。

松前奉行所より派遣されて、地方小奉行として寺に常駐しているということであった。仏門の守護に名を借りた布教活動の目付役でもあるらしい。

彼の先導で、先ずは全員で御本尊に参拝する。阿弥陀如来を中心として右に観世音菩薩、左に勢至菩薩仏のいわゆる善光寺三尊である。

僧侶たちは参拝を終えて、本堂脇の控えの間に戻って一休みしていた。一緒にお参りを終えていた弥右衛門が、末座から膝を進めて言う。

「上人様方あ、遠いところお、うっど（大変）お疲れあったでへんべか（なさったでしょう）。

そんだべが申し訳ねしゃあ、今夜アイヌが寄って来るはんで、会ってくれへんべか」

アイヌを集めたから、今晩に顔合わせをしてくれと言うことであった。

夕方明るい内に、アイヌの人々が三々五々と境内に集まってくる。それぞれが、樹皮を綯《な》った二本を輪にした幣冠《サバウンペ》を被り、ウレンモレウ（渦巻き）模様の厚司《アツシ》の正装姿であった。

二十人ほど集まったところで本堂に招き入れられる。彼らは何やら賑やかに話し合っている。

三宗派六人の僧侶たちが席に着くが、ざわめきは一向に収まる様子がない。

弥右衛門が、彼らに向かいアイヌ語で何か短く言い、続いて
「そんだば、ここでお経さ、お願えへしじゃ（お願いします）」

ざわめきは相変わらず続いている。それをたしなめるように、やや乱暴に鐘が連打される。

アイヌたちは全く無関心で、いくつかの輪になって会話にうち興じている。僧侶たちの仏にお参りする勧請の経が、意識してであろう声高に響き渡る。続いて儀式に入る開経偈《かいきょうげ》に移る。アイヌたちにお参りの気配はなく、相変わらず声高に話し込んでいる。

彼らは、促されても称名《しょうみょう》するわけでもなく、また手を合わせて拝礼するでもない。読経だけは、小半時（一時間）ほど続いていた。それが終わったことだけは彼らにも分かった

のであろう、全員が一斉に立ち上がって向拝口にどやどやと向かう。法話をしようとして座り直した僧侶たちが、あ然として見つめる。弥右衛門は彼らの後について行ってしまった。

本堂から見ていると、向拝階段の脇で弥右衛門や寺男たちが穀物らしい袋や一升徳利を配り始める。アイヌたちは、それらを肩に掛けたりぶら下げたりして帰って行く。

弥右衛門が戻って来て、棒立ちになったままの僧侶たちに頭をちょこっと下げた。

「ども、ありがとうごあした」

「この様《ざま》はなんじゃ。拝礼もなければ法話もない。仏門に対する軽視、否、侮辱だ」

と、弁瑞上人が顔を朱に染める。他の上人たちも怒りを隠せない。まなじりを上げにらみつけている。弥右衛門が、お義理に困った顔を作って言う。

「昔から、あのようになっているはんで、めわくしちまったじゃ（迷惑かけました）」

「このようなことでは、布教など適いませぬのう」

気を取り直した弁瑞が、他の上人を見ながら言った。

「道々、いくつかのアイヌの部落を通って来がしたが、寺や神社のようなものを見ることがなかった。まだ、内地からの布教がそこまで行き届かないのでござるかのう？」

弁瑞の話しぶりに、弥右衛門もちょっとの間だけ方言を改めていた。

「よくお気づきでござっしゃる。大臼山に慈覚大師が入られてより千年近くが経つと言われておりがすが、まだアイヌに仏教はなじんでおりがしねえ」

「さすれば、寺の檀家などは？」

「そんだあねしー（そうです）。アイヌに檀家だばまいねしゃ（ありません）」

「それは、またなにゆえ？」

「アイヌには、アイヌのカムイたらいう神さんあるねんでし。和人の神社や仏教だばしたごとは本当《ほんと》にまいねしゃ。これまでだば、坊さんさ一生懸命《いっしょけんめね》布教《おきょう》されていがすが、信者だば増やすごとはあがぇへんがして（できませんでした）」

「今日の集まりは、なんじゃったのか？」

「アイヌだば、神さんもにうっど（たくさん）お陰さあるように、捧げものもうっどすんだはんで、人集めの手立てもあれしかまいねしゃ。アイヌと商売だばすんにも、話しだばすんにも、先ず《まあん》贈り物《くださもん》から始まりがす。ほーけんどもさー（そうしないと）、彼らは寄って来ましねえ。今日は奉行所だばお達しでえ、お決まりの初顔合わせの集まりでごぜえすた」

他の僧侶たちが顔を見合わせて呆れ返る中で、弁瑞が弥右衛門を見据えて言った。

「幕命による布教じゃぞ。拙僧らはそのために派遣されている。信者一人も増やすこと叶わぬとあっては、お役目不首尾となる。相手はどうあれ、仏の教えを広めることは止めるわけにはゆかぬ。それには、これまでのやり方は改めていただく」

その強面《こわおもて》に、弥右衛門は自信なさそうに言う。

「そんだしな（そうですな）。奴らに、しゃべっておくはで（話しておきますから）」

「彼らのあの態度を見ると、これまでの布教では、お経はともかくとして念仏や称名を確り伝えていないのではないか？」

「そんだば駄目だはんでねしゃ（それは駄目なんです）。アイヌだば、口伝《くでん》だはんで、漢字も平仮名もなかったでへんべか（ないようです）」

弁瑞が、背筋をピンと伸ばして言った。

「わしは彼らの中に入って行く。彼らの神もわれが仏も、信仰には変わりはなかろうて。彼らの神を理解すれば、やがては仏も理解されよう」

弥右衛門は小さく首を振ったようだったが、反対を口には出さなかった。

（二）

僧侶たちは、その後すぐに三派で手分けしてアイヌ部落に入った。

弁瑞上人と唯念は、地方小奉行の工藤弥右衛門の案内で、ソーベツ・コタン（壮瞥集落）に向かった。有珠山を下り一里ほど（約四キロメートル）行ったところである。

コタンに近づくと、弥右衛門は言葉が江戸弁に変わっていた。唯念が不思議そうに聞く。

「今日は、津軽弁ではないですな」

「はえーっ。公《おおやけ》に江戸から偉い人が来たときには津軽弁で話しがす。そんだねしゃ、アイヌだば江戸弁で話しがす。昔っから、アイヌ相手の通詞は江戸弁でごぜえした。アイヌにも江戸弁だばかなり分かりがす」

コタンに着くと、弥右衛門が一人で酋長の家に入って行った。酋長の家は他の家と同じ草葺《くさぶき》の掘立小屋だが、一際《ひときわ》目立って大きい。玄関には、雪囲いであろう小屋が設けてある。

弥右衛門は小半時（一時間弱）ほどして戻って来ると、真顔を作って言う。

「今日は、仏の話はしないでくだせえ。アイヌの神の話を聞くだけにして帰りましょう」

葦《よし》で編んだ簾《すだれ》を上げて中に入ると、小さな内土間がある。その奥は、大部屋の一間造りで熊笹の簀子《すのこ》敷になっている。真ん中に、細長い炉が切ってあり、左右の奥が寝所らしい。

正面奥には祭壇と格子造りの神窓があり、大きな幣《ヌサ》（祭具の柵）がのぞいて見える。中央の幣には、熊のものであろう獣の骸骨が刺さっている。

祭壇を背にして炉の左側が客席で、弥右衛門が手差しで二人の僧に座をすすめる。右側は主人席と主婦席で、すでに夫妻が正装の厚司《アッシ》を纏《まと》って座っていた。男は紺色、女は臙脂《えんじ》色の模様であろうが、かなり色あせてはいるもののガサ張って威風が漂っている。

「カモクタイン酋長です」

と、下座の火尻側から弥右衛門が紹介する。二人は合掌して挨拶したが、酋長夫妻は一瞥《いちべつ》しただけだった。それに構わず、弁瑞が聞いた。

「祭壇には格別御神体が見えないが、アイヌが信仰している神とはどんな神か？」

弥右衛門が、酋長に二言三言確かめて伝えた。

「カムイフチと言う火の神さんが一番大事な神で、木の神から水の神、家の神、郷の神なんかがあり、その他にもありとあらゆるものが神でごぜえます」

「それはすごいことだが、困ったことでもあるのう。仏の入る余地はないと言うことか？」

弥右衛門が通訳もせず、素っ気なく言う。

「全くありませんです」

その言い方を気遣ったのか、彼は酋長から何か聞き出したあとから補った。

「仏んの代わりに、オキクルミと言う半分人で半分神の偉い神さんがありがす。天も地も、アイヌのことも全部この神の造った物となっているようです」

「文字がないとのことじゃが、お経のようなものはどうしているのか?」

「みんなの神に、それぞれお祈りの言葉がありがす」

「文字がないのに、そんなにたくさんの神の祝詞《のりと》が決まっているのか?」

「全部の言葉が決まっていがす、歌や詩になって伝わっているのでごぜえます」

「口碑《こうひ》（口伝え）じゃな。せっかく来たのだ。神にお参りしていこう」

弥右衛門が取り次ぐ間に上人と唯念が腰を上げかけると、酋長が両手を突き出して遮《さえぎ》る。

弥右衛門が、あわてて言った。

「今日は、供え物を持ってきていないから、お祈りはまいねしゃ（だめです）」

「昨日、有珠山の善光寺で贈り物を上げていたではないか。あれを供えさせよ」

弥右衛門がくどくどと話して、ようやく納得したのであろう。酒の入った椀と米を盛った木皿が供えられ、弥右衛門が神窓から捧酒棒《イクパスイ》で幣に酒を撒く。

二人の僧が祭壇に進み、手を合わせ「南無阿弥陀仏」を称え始める。とたんに酋長が大声を上げて立ち上がり、二人を跳ね除けて祭壇に向かって座り込む。おもむろに真剣な顔でお祈りを始める。

「モシルコル　ハウチ（大地の女神さま）
シロマ　カムイ（平和なる神さま）
カムイ　イレンカ（神さまの掟の）
イレンカ　カシ（掟のままに）
アコイカル　クニ（われらが尊び守る）
モシルコル　フチ（大地の女神さま）
カムイ　カトケマト（神なる女人よ）」

弥右衛門は、予期していたのであろう。お祈りが始まると、懐にいれていた紙片を二人に渡す。一緒に祈りを捧げるようにと手真似で伝える。表書には『火の神の祈詞』とある。二人は、それにちらっと目を走らせただけで、手を合わせて低頭していた。

その夜、三派の僧たちは集まって今日の結果を話題にした。弁瑞たち以外は家の中にも入れてもらえなかったし、もちろんお詣りもできなかったらしい。

弁瑞は、アイヌがあらゆるものを神としているという話のあと、つくづくと言った。

「アイヌ民族の人々の心の奥に根差した信仰じゃからのう。これは、なかなかの難事だ」

さすがの高僧たちも頭を抱え込む。話が途絶えたところで、ぽつと唯念が言った。

「私は明日からソウベツに行って、アイヌの人たちと一緒に暮らすことにします。アイヌの神や言葉を勉強します」

皆が、言い合わせたように顎を引いて見つめる。そのとき末座にいて、これまで聞くだけだった弥右衛門が、慌てて手を振る。

「それはまいねしゃあ。アイヌだば、和人《シャモ》と一緒に暮らすこたあありがせん。前にいた坊《ぼん》つあんも、そしたことあたがさ、まいねでばなー（だめでしたよ）」

彼は、お経も念仏もアイヌには絶対に受け入れられないことを、くどくどと説明した。どうやら、これまでの布教でもかなりの努力や労苦はあったようだったが、アイヌの神と仏は相容れぬものだと言うことのようであった。

他の僧たちがうなづくのを遮るようにして、弁瑞が言う。

「その昔、われらが先祖は、日神という天照大御神は日域神母と称して神々や仏たちの母として崇《あが》めた。現に修験道は神道と仏教が融合したものだ。アイヌの神々と仏が相反するものではあるまいて」

他の高僧たちが「それで？」と問いかける眼差しを見つめながら、唯念に言った。

「ここのところの長旅で、五穀断ちも叶わぬ日々が続いた。わしも行く。木食《もくじき》をしながらアイヌの神に相見《あいまみ》えようぞ」

次の日、弁瑞と唯念の二人は、弥右衛門に無理やり頼み込んで玉蜀黍《とうもろこし》と黒豆を二、三升（四、五リットル）ずつを手に入れた。そして、ソウベツ・コタンに向かった。

しばらく行ったとき、弥右衛門が息を切らせて追いついてきた。

「私も御一緒しがす。言葉が通じなくては、アイヌの神を拝むことができませぬ」

そう言いながら荷袋を探って、一束の書付を取り出す。

「これこの通り、アイヌの一番大事な火の神や色々《いろん》な神の祈詞《のっと》がありがす。家の神も、森の神も、水の神なんかもありがす。松前奉行所の上原熊次郎と言う蝦夷通詞が作ったものです」

二人は、木食を続けながらソーベツ・コタンのカモクタイン酋長に食い下がっていた。酋長の家の軒下に座り込み、弥右衛門がどこからか借りてきた立菰《キナ》（たつこも）という葦でできた筵《むしろ》で、夜露を凌いでいた。

五日が経ったとき、『アイヌの祈詞でアイヌの神に祈らせてもらう』という申し入れがどうにか認められて、酋長宅の御神木の下に入ることを許された。この木はアイヌがパンカンと呼ぶヤチダモの大木である。この木で作った幣《ヌサ》にはパンカン・トノという家神の神体が宿るとされる。

二人が祈詞を読み上げてアイヌの八百万《やおよろず》の神に祈りを捧げていると、酋長の孫娘のユキという十二、三歳の少女が一緒に祈るようになった。祈詞を暗記しているところを見ると、物語を伝承する巫女《みこ》の教育を受けているのであろう。

ユキは、やって来ると必ず唯念の傍に座る。ときおり彼の顔をのぞき込んでは微笑みかけて祈詞を語る。唯念も、その可愛い口で謡われる透き通るような声の響きに、心身が清められるようにさえ思える。

「ムトケ　ケウツムネ（慎み深く）
チコケウツム　コル（心に秘めて）
チコシラトキ（自分のお守りに）
アエエカルカル　ピト（している神様は）
エネ　ルエ　ネ　ナ（貴方です）」

と、唯念を見つめて真ん丸の愛くるしい目を潤ませて謡う。

そのうち、唯念もユキを待つようになっていた。それが嵩じてくると、朝晩の念仏のときにもユキのことが彼の頭を去らない。神に祈るときも、顔色にそれが表に出てしまう。そんなあるとき、二人の様子を見ていた弁瑞が合掌の手を振り、突然に口にした。

「ウンタキ　ウンザ　ウンシッチ。ウンタキ　ウンザ　ウンシッチ。・・・」

唯念は、ハッと気づいた。修験道を習得しようとしていたとき、什物記《じゅうもつき》という書で読んだことがあった。愛染明王《あいぜん》の梵語《ぼんご》の真言である。欲望や愛執自体が菩提であることを覚らしめるものであった。上人は「欲望や愛執を超越して悟りを開け」と言っているのである。

唯念は、夜になって立菰《キナ》に包《くる》まったときに、そのことを思い出していた。

・・・そうか、あれが恋情というものか。身根をなくしても、心に恋情などというものが残っている。まだまだ修行が足らぬか・・・。唯々念仏あるのみだ。

やがて冬が近づいて来て雪が舞うようになった日、カモクタイン酋長が弥右衛門を伴ってやってきた。彼はことさら厳しい顔で言った。

「明晩、熊送り《イヨマンテ》がある。そこで最後のお祈りをして帰れ。神々も冬籠りになる」

蝦夷地《えぞ》の冬は、たとえ熱い信仰があったとしても戸外で日夜ぶっ続けでお祈りを続けることなどできるものではない。彼なりに、和人の僧たちの体を気遣ったのであろう。

熊送りが始まった。年嵩の巫女《みこ》がハシナウの神（翼のある神）に祈りを捧げる。

「エコラ　モシュユカル（あなたの祭壇）

モシュカル　カシ（その祭壇の上に）

シュクキュア　アナク（若者たちは）

コチカシュ　ヌクラル（賜物豊かに上げて）

・・・・　・・・・・」

神に祈りが届く頃合いに、檻から熊を引き出して四、五人がかりで切開《さば》いて行く。その間しわがれた野太い男の歌声が響く。唄の合間には、こぞってお囃子《はやし》を入れる。

「ホーレ、ホーレ、ホレンナ、・・・、・・・・、・・・・」

見物の男女は、いつの間にか両手を上げ掌を上に向けてゆっくりと上下し、三歩五歩と前後に繰り返しては低頭し、踊り続ける。たき火が踊りの輪を照らし出していた。

弁瑞と唯念が物珍しそうに見物していると、いつの間にかユキが唯念の手を取って踊りに引き出すのである。彼が気掛りのままに弁瑞を見やると、意外にも弁瑞は笑みを見せて「当然だ」と言わんばかりに両手を振って「行け、行け」と合図する。

祭りが終わり、二人が立菰に包まったとき、弁瑞がめずらしく声高に言う。

「アイヌに念仏を伝授する手が見つかった。熊送り《イヨマンテ》を見ていて気付いた。彼らは、歌や踊りが殊の外好きだ。念仏踊りを教えることを考えよう。お前はユキを使って、教え込め」

「念仏踊りは聞いたことがありますが、まだ私は・・・・」

と、唯念は半信半疑である。弁瑞は目を輝かせて言う。

「わしも見たことはあるが、よう覚えてはいない。冬の間に、念仏踊りを作り上げようぞ」

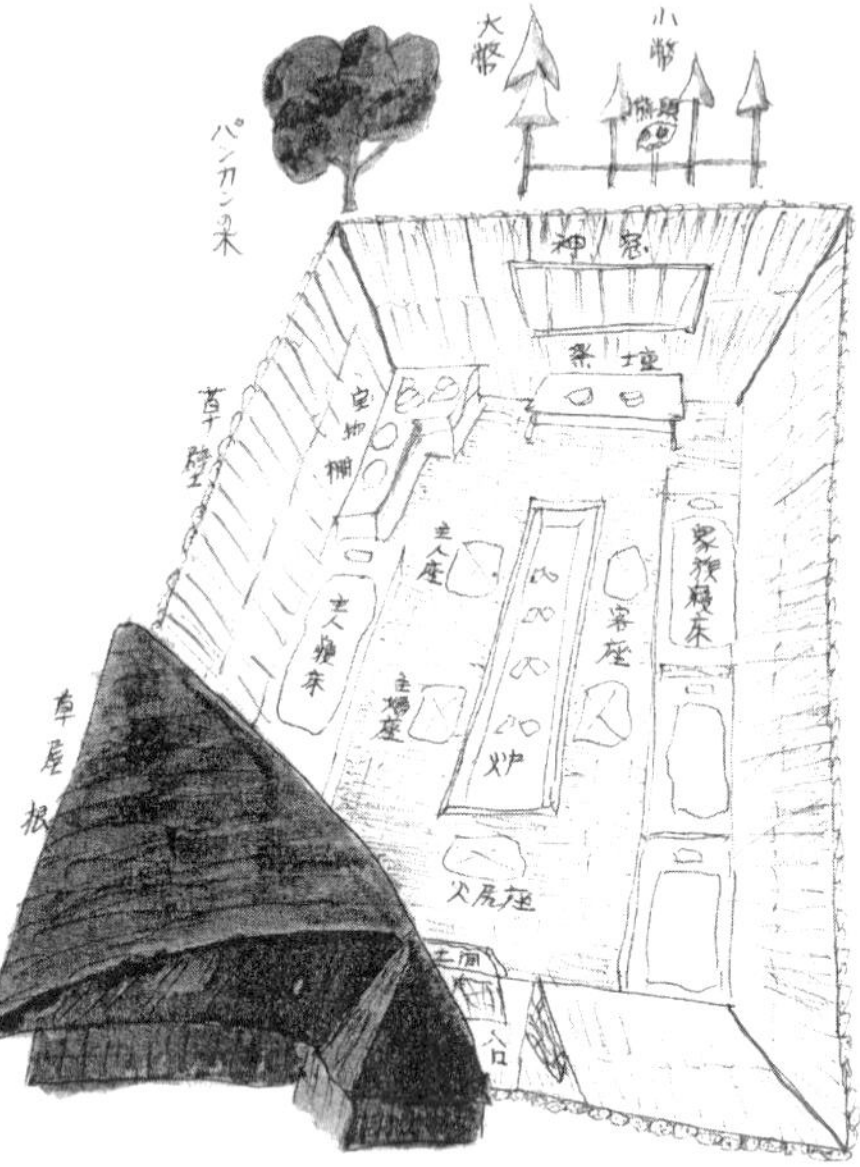

アイヌ酋長の家

（三）

大臼山善光寺の僧坊の庇《ひさし》まで届いていた雪が、跡形もなく溶けて春が訪れた。

弁瑞上人と唯念が、弥右衛門を伴ってソーベツ・コタンに向かっていた。

残雪の羊蹄山を望みながら、ときおり吹き上げる内浦湾からの潮風に、唯念は懐が膨らむ思いであった。

冬籠りの中で、二人が練り上げた念仏踊りを携えている。コタンの人々に仏心を伝えられるのが嬉しかった。それもあったが、ユキに会えることが彼の心奥深くに秘められている。意識してそのことを抑えていたが、心に刻み込まれた思いは消す術もなかった。おのずと足も軽くなる。

二人が念仏踊りに腐心しているとき、弥右衛門もアイヌ語訳や祈詞《のっと》の解釈などを手伝っていた。彼も、二人の僧がこれまでの布教僧よりも真剣であることに気づいていた。今回も、他の派の僧侶たちをさておいて、同行している。

彼らがコタンに着くと、真っ先に弥右衛門が酋長の家に走って行った。しばらくすると、厚司《アッシ》に正装し幣冠《サパウンペ》を頭にしたカモクタイン酋長以下村人たちが、どやどやと出てきて両手を挙げて歓迎してくれる。二人は、合掌してそれに応えていた。

唯念が頭を上げると、合掌の先に村人の間からユキが見える。元々アイヌ独特のキラキラと輝く眼だったが、ことさら燃えるような眼差しだった。彼は、思わず目をつむって頭を下げた。おのれに無心を言い聞かせていた。

酋長の家に招じ入れられると、弁瑞と唯念は五穀断ちのため持参した玉蜀黍《とうもろこし》の一掬いを先ず神棚に供える。

弥右衛門が、持参した大徳利の酒を木鉢に注ぎ奉酒箸《イクバスイ》を使って神窓の幣《ヌサ》に散献する。そのあと、大徳利を酋長に捧げて贈る。酒は、アイヌの大好物で最高の贈り物である。三人は神窓を通して幣に向かい、アイヌ語で祈詞《のっと》を捧げた。

翌日は日が傾くころから、半年ぶりに戻って来た和人《シャモ》のために歓迎の祭が催された。

先ずは神々に祈詞が捧げられ、続いて唄になる。

「カムイ　プリ（神の栄えを）

　ホリアン　ナ

エアスカイ（栄え）

　ホリアン　ナ

ニシパ　プリ（貴方の栄えを）

　ホリアン　ナ
エアスカイ　セコロ（栄えよと）
　ホリアン　ナ」
皆に合わせて手拍子を打っていた弁瑞が、唄が終わるとカモクタイン酋長に言った。
「われらも、念仏という唄がある。それを、アイヌ語の唄にしても作り替えてある。唯念が歌って踊る。『ホリアン　ナ』と同じだ。皆も一緒に歌って踊られよ」
　唯念が、手拍子と足拍子で歌い始める。読経《どきょう》で鍛えた声が辺りに木霊《こだま》する。
「シロマ　カムイ（穏やかな神様）
　なんまいだ
カムイ　イレンカ（神様の掟の）
　なんまいだ
イレンカ　カシ（掟のままに）
　なんまいだ
アコイカイ　クニ（われらは尊ぶ）
　なんまいだ、なんまいだ」

「なんまいだ」は彼らには分からなかったであろうが、アイヌ語の祈詞《のっと》の歌につられて、アイヌの人々も踊り出した。そして「なんまいだ」のあとには
「ホーレ、ホーレ、ホーレンナ、・・・　・・・」

と、アイヌ語のお囃子《はやし》を入れていた。このお囃子が入らないと調子がとれないようである。

踊り終えた唯念は、思わず弁瑞と顔を見合わせ共に笑みを浮かべる。念仏踊りが彼らに受け入れられたことに、安堵の色を濃くしていた。

日が落ちる頃には、焚《た》き火が始まって熊などの獣の肉が焼かれ、大鍋には塩鮭のブツ切りや茸や笹の子などが放り込まれる。玉蜀黍《とうもろこし》や大豆、小豆なども炊き込まれる。

煮上がると、神に捧げる儀式があり、酋長が箸をつけたあと客人に盛り付けた木鉢が配られる。椀が配られて、酒も注がれようとする。弁瑞が椀を押し返したその手を合掌して、酋長に告げた。

「われらは、修行中のために肉や魚は食わない。酒も飲まない。火を通した穀物も食わない。折角のこの席だが、玉蜀黍だけをいただく」

とたんに酋長が顔に朱を注いでいきり立つ。何か早口でわめき立てる。

弥右衛門は、食い物や酒は断っては失礼になると言う。

唯念も困り果てて弁瑞を見上げる。そのとき、何を思ったか弁瑞が思いっきり口を開けて豪快に笑い声を上げた。人々がギョッとして見つめる。

彼はそれには構わず、炊き込むために置いてあった玉蜀黍の袋のそばに寄ると、合掌して大声で「なんまいだ、なんまいだ」と称え始める。そして一摘《つま》みを取り出して口に放り込んで嚙《か》み始める。そのまま酋長の前に行き、嚙む様を見せつける。大仰にゴクリと呑み込むと、また大声を上げて笑う。そのあとから合掌して言った。

「われらは、これが食べられれば最高の幸せです」

酋長は一瞬怪訝《けげん》な顔をしたが、やがて弁瑞にも劣らぬ大口を開けて笑い声を立てる。二人は両手をお互いの肩に置き、大きくうなずき合う。人々が歓声を上げて手を打つ。

そのとき、透き通るような声が響いた。ユキだった。

「ヘマンタ　ネ　クス（何なれば）

カムイ　カル　プリ（神の初めし習わし）

カムイ　カル　ケウツム（神の初めし心）

ネ　アクス（なのに）

アタナンペ（世の常のもの）

アイヌ　ネヤッカ（ただの人間でも）
キ　クニペ（してさしつかえないはずの）
イペポ　ナイキ（食べて行くこと）
ケアスカイ　ワ（不自由なくやっていけるように）
ネ　ワ　ネヤム（なりましたなら）
クヤイカシュ　カムイ（私の護り神とし）
ノミ　キ　ナ（拝んであげますから）
エネプリウエン　ワ（どうか私を護って）
エンコレ　クミ（くださるように）
ラム　ヤン（そう思ってください）」

その後では、アイヌの若者たちの囃《はや》す誘いを受けて、唯念は和人言葉の念仏踊りを披露した。若者たちだけでなく居合わせたアイヌの人々は、和人の新しい唄と踊りの虜《とりこ》になってしまっていた。

意味は分からないに違いないが、連れて歌い踊ると身も心も天国に行くような心地になるのであろう。皆がいかにも幸せそうな顔をしている。

「諸行の
無常をさとる
釈迦如来
仮の涅槃に
いらせたまうぞ
なんまいだー　なんまいだー」

唯念の唄に続いて、アイヌの人たちがお囃子を入れる。

「ホーレ　ホーレ　ホーレンナ」

唯念が続ける。

「何ごとも
今よりのちは
弥勒尊
地獄変じて
極楽となる
なんまいだー　なんまいだー

ホーレ　ホーレ　ホーレンナ
・・・・　・・・・
・・・・　・・・・」
世の更けるのも忘れて、アイヌの音曲《シノッチャ》と念仏踊りが繰り返されていた。

次の日、パンカンの木の下で座禅を組む弁瑞と唯念のところに、ユキがやって来た。

「昨日、踊り、唄、言葉、教えろ」

と、和人言葉で言う。冬の間に、習ったのであろう。弥右衛門が帰ったあとでも、不自由しなくとも済みそうであった。

「しゃかにょらい、何か」

「一番偉い、神様のような人だ。『ほとけさま』と言う。オキクルミと同じだ」

「なんまいだ、ホーレンナ同じか」

「天に住む『ほとけさま』を拝むホーレンナだ」

『なんまいだ、なんまいだ』

ユキは、すぐに手を合わせて称える。巫女に選ばれるだけあって怜悧《りこう》な子である。

ユキと唯念の話を、弁瑞がにこやかな顔で見守っていた。

その後ユキは、二人のところへ足しげくやって来て、言葉やお教を習うようになった。

文字も書物もないアイヌの世界に育っていながら、祈詞《のっと》や詩を口碑で覚えてきたユキの記憶力は並みの和人が到底及ばないほどであった。一度聞いたことは、乾いた砂に水が浸み込むようである。それは、唯念が覚えるアイヌ語よりも、格段に早かった。聞いたことは、ほとんど一度で脳裏に焼きついてしまう。

この日も、いつものように唯念の脇に座ったユキが急くように言った。

「唯念、ユキに文字を教えろ。アイヌの祈詞と詩、たくさんある。難しい。ユキ書く、唯念覚える。唯念お経書く、ユキ覚える」

文字の習得も、尋常の速さでなかった。仮名は一日で覚える。たちまち漢字も読み書きができるようになった。

冬が来て、唯念たちが大臼山善光寺に帰る日が近づいたころのことである。

ユキが、紙に書いたものを持って来た。瞳をキラキラと輝かせている。

「これ、アイヌの『イヨハイオチシ』の詩です。男と女の話。全部はもっと長い。少しだけ書いた。私の心と同じ。唯念読んで」

一生懸命に書いたのであろうが、墨が滲み手で擦って汚れていて、ようやく判読できる。

へまんた　ね　くす　かむい　かる　ぷり　それは、神がはじめたこと
かむい　かる　けうつむ　ね　あくす　神がはじめたこころ　なのに
あたなんぺ　あいぬ　ねやっか　あいぬの人でも
き　くみぺ　いよしこって　してもいい　はずの　めおとごと
いよらむこって　ね　あくす　好き合うこと　なのに
かに　ねやっか　くき　あくに　私も　してよいはず
いよしこって　えよらむこって　めおとごと　好き合うこと

ユキは、詩に託して切ない心を告白している。貞操観念を厳しく躾《しつけ》けられたアイヌの女には、とうてい許されない和人《シャモ》との愛である。唯念は心の動揺を防ぐことができなかった。

――恋情など断ち切っている。それなのに、なぜこうも心が揺れるのか？

彼は、断根で完全に切り捨てたはずの男女の関係が、肉体的に不能となったがゆえに、逆に心の中に燃え盛るのに驚くと同時に、それを抑えるのに躍起となっていた。

ユキの紙片を握ったままなのも忘れて、そのまま手を合わせ念仏を称え始める。

（四）

弁瑞和上たちが蝦夷《えぞ》に渡って一年が過ぎ、文化七年（一八一〇）唯念二〇歳を迎えていた。

ソーベツ・コタンから戻った唯念が、顔を曇らせて弁瑞に告げた。

「せっかくの念仏踊りも、念仏抜きのアイヌの流行踊りになってしまっています」

「どうしてそんなことに？」

「和人言葉をあれだけ操《あやつ》るようになったユキでも、仏はアイヌの神としてしか言い表せないのです。文字もありませんから、お経や念仏を彼らに伝えようがないのです。ですから、彼らは仏が理解できません。もう布教も二年目を迎えるというのに、困ったことです」

「石の上にも三年と言うではないか。まだ諦めるには早い」

弁瑞は、長い白毛の混じる真っ直ぐの眉毛に、どんぐり眼《まなこ》を引き寄せて思案している。

やがて、一つ大きくうなずいて言う。

「それには先ず、仏に仕えるということが、人にとっていかに大切なことか、またそのための修行がどれほど真剣なものかを分からせることじゃな。唐、天竺から全世界に伝わっている仏教とはこういうものだと教えてやろう。仏教信仰の真の姿を見せてやる。それこそが、布教の大道だった」

何を思ったか、弁瑞は二度三度と膝を叩く。

「それこそ、まさに一挙両得」

「両得でござりますか？」

弁瑞は、座禅座りの膝を揺すって笑い飛ばす。そのあと、すぐに顔を戻して言った。

「もちろん、一方の得は布教の成功じゃ。もう一つは、われらが修行の成就じゃ」

唯念がうなずくのを見ながら、さらに言う。

「彼らに、煩悩《ぼんのう》を断って啓《ひら》く無上の悟りの境地の『菩提心』なるものをきちっと見せてやることだ。修行すなわち布教、布教すなわち修行じゃ。さすれば、この辺境に来た甲斐もあろうってものだ」

「かくなる上は、十穀断ちに入ることですな」

「もちろん、そうする。念仏がアイヌの手踊りとなっては、元の木阿弥じゃ。せめて、元の木食《もくじき》の精神に帰らねばのう。ここは何としても、われらが菩提心をよくよく分からせてやろうぞ」

「有珠山の山頂にでも籠《こも》りますか」

「それも良いが、ただあそこではこの大臼山善光寺に近過ぎる。もっと幽境の地が良い。この間から考えていたが、絶好の場所がある。洞爺湖に浮かぶ観音島と言う小島がある。娑婆《しゃば》から隔絶した島だ。あそこに籠ろう。仏身仏土不二を、身をもって体験しようぞ」

二人は、カムクタイン酋長に会ってそのことを告げた。酋長は、眉を寄せて言う。

「肉も魚も穀物も食わんでは命が保たん。アイヌを一人連れて行け。食い物を作らせろ」

「仏になるための修行だ。われら二人でやり抜く」

「わしも、オキクルミの神に、お前たちを守ってくれるよう祈っている」

「心配無用じゃ。冬には帰る」

二人は、洞爺湖で湖鱒《オショロコマ》を釣っている漁師に頼んで小舟《カッケラマッ》を出してもらい、湖を渡った。

観音島は親子二つの島が地続きで、親島は周囲十丁ぐらい（一キロメートル弱）であった。

島の括《くび》れの入り江に着くと、親島の崖には溶岩の塊を並べた石段らしいものができていた。その先の斜面には、明らかに人の手によったと見える小舎らしいものがある。

近づいて見ると、入り口には門構えの丸太を組んで差し掛けの屋根ができている。屋根材はクマザサであろうが、石と丸太に押えられて朽ちかけている。その奥はちょっとした洞《ほらあな》となっている。

中は畳二枚ほどの広さで、一番奥には半円形にくり貫いた石の祭壇があり、観音像に似せて大小二つの石が重ねてあった。

いつの時代にか、誰かが観音堂として設けたものであろう。

あるいは、二人と同じような道をたどった先人の布教僧が、修行のために籠居《ろうきょ》していたところであったかも知れない。二人は、早速に観音経を上げて礼拝していた。

祠《ほこら》を出て辺りを探ると、獣道《けものみち》のような隙間が笹や樹木に覆われる中を延びている。

「修験路か。行ってみよう」

唯念が合掌のまま腰を曲げ、先に足を踏み入れる。しばらく行くと、弁瑞が声を上げる。

「おう、これは菩薩の御恵みじゃな。この枯れた茎は百合に違いない」

噴火で積もった砂礫は、木の棒で容易に掘ることができる。二人は早速に百合根を掘りかかる。付近には、行者大蒜《ぎょうじゃにんにく》（アイヌネギ）も芽吹いている。木の下にはドングリもある。

それらは、十穀断ちの修行では絶好の食餌となる。念仏を称え続けながら、噛《か》むともなく噛んで溶かすようにして呑み込むのである。

さらに奥地を探ると、楓の類の『いたやもみじ』が枝折れしていた。積雪で折れたのであろう。白い木肌をさらけ出して、樹液が滲み出て流れている。

弁瑞が合掌して祈りを捧げたあとから、おもむろに口をつける。

「まさに醍醐味《だいごみ》だ。お前も相伴《しょうばん》せよ」

やがて二人の修行は、三か月が過ぎて八月の半ばを超えようとしていた。

そのころ、ソーベツ・コタンでは、カムクタイン酋長が時折羊蹄山《ニセコアンヌプリ》を見上げては、敬虔《けいけん》な祈りを捧げていた。いつもと違うそのただならぬ様子を、ユキが心配そうに見ていた。

酋長が、曇らせた顔のままユキを振り返って言った。

「困ったのう。この雲行きは雪を運んでくるに違いない。洞爺湖の二人もあのままでは、凍《し》ばれてしまう。命が危ない」

「祖父《エカシ》さん、あの人たちを助けて。私も行く」

二人は立菰《キナ》や厚司《アッシ》などの防寒用の支度を若者に担がせて、洞爺湖に急いだ。

すでにその途中から真っ黒な雲が押し寄せ、雷鳴が轟き、時ならぬ吹雪となった。

蝦夷地《えぞ》では、普通の年でも八月半ばを過ぎると急に寒くなる。それにしても、八月十五日というのに吹雪になることは滅多にないことであった。

カムクタインたちは、この悪天候に阻まれてしまい、かろうじて付近のコタンにたどり着いて一泊した。一夜で膝上に達する雪が積もっていた。

一行三人は、カンジキを借りて洞爺湖に急いだ。峠を越えるころは、雪中を漕ぐような有様であった。湖畔のトウヤ・コタンに着いたときは、すでに夕闇が迫っていた。

雪こそ止んでいたが、風が吹き荒れて湖面が波立ち、とうてい小舟《カツケラマツ》で渡れる状態ではない。コタンで夜を過ごす以外になかった。

湖畔に立ち続けるユキが、居並ぶカムクタインにせがんだ。

「エガシ、祈って。唯念たちが生きているように」

カムクタインは、早速に天の神のカンドコロカムイに祈りを捧げる。

晴れ上がった翌日、日の出とともに三人は観音島に渡った。持って来た立菰《キナ》や厚司《アツシ》に、コタンから譲り受けた薪と酒や食い物などを積み込んだ。

島に着くと、ユキが大きな声で叫ぶ。

「ゆいねーん。ゆいねーん」

カン高く響く声も、むなしく雪山に消えていく。

舟漕ぎの指し示す方角の雪山の襞《ひだ》を掻き分けて進み、ようやく二人を探し当てた。

二人は立菰に包まってはいたが、足下まで雪に埋もれ蒼白の顔のまま眠っている。

酋長が弁瑞へ、ユキが唯念へと跳びかかり揺さぶって起こそうとする。すでに二人は意識がなくなっていて何の反応もない。凍死してしまったようであった。

カムクタイン酋長が、やにわに弁瑞の胸を押し開き耳を当てて心音を聞く。

「生きている。火を焚け。酒を温め、石を焼け。急いで体を温めるのだ」

酋長が厚司の前を開き、浄衣を解いた弁瑞を抱きしめて自らの体でもって擦り始める。それを見たユキが、躊躇《ためら》わず自分の厚司の前を開く。唯念の浄衣を開いて抱きしめ、小さな乳房を捩って彼の体を擦る。名を呼ぶ切羽詰まった声が交錯する。

しばらくして酋長は、焚火で温まった酒徳利を手にすると酒を口に含む。そのまま弁瑞に口移しで飲ますと、徳利をユキに渡す。ユキも酒を口に含み、唯念に飲ませる。とたんに唯念が噎《む》せる。それを見て、酋長が叫ぶ。

「生き返ったぞ」

ユキが再び口移しで酒を飲ます。唯念がコクリと呑み込んで、続いて大きく息をして呻《うめ》き声を上げる。

ユキが遮二無二抱きすがって名を呼ぶ。唯念がポッカリと目を開け、視点の定まらない目で辺りを見回す。そしてモグモグと何か口にする。ユキがまた名を呼ぶ。

「天国・・・・。菩薩?」

「私よ。ユキ。ユキよ」

彼女は大粒の涙を流しながら、唯念に駄々子のように武者ぶりついていた。

焚火に寄り、焼けた石を抱いて体を温めているとき、唯念がユキを見ながら言った。

「そのとき私は、極楽らしきところにいて菩薩に抱きすがっている夢を見ていた。無性に寒く震えが止まらなかった。そのうちに菩薩は裸の母と変わっていた。母の体は熱くて、だんだんと自分の胸や腹が暖まってくるのだ。ふいに、母が聞き覚えのある甲高い声で名を呼んだ。嬉しくて涙を呑み込んだところで強く噎《む》せた。とたんに、明るい光が破裂した。そしたら、ユキの顔が真上にあった」

彼は「嬉しかった」と口に出かかったが、歯を食いしばって飲み込んでいた。

弁瑞が意識を回復したのは、しばらくしてからであった。彼も夢の話をした。

「釈尊(お釈迦様)の高弟のシャリプトラに手を引かれて、天上に連れて行かれた。浄衣だけで寒かった。天国に着くと、シャリプトラが抱いて温めてくれる。他の仏が醍醐《だいご》を温めてご馳走してくれる。しばらくすると、後光がさして辺りが明るくなった。釈尊が現れたが余りにも眩《まぶ》しくて拝むのが精一杯だった。釈尊が消えると、いつしかわしはここに戻っていた。酋長の顔が、シャリプトラと同じだったのでびっくりしたぞ」

二人の夢の話はユキが通訳した。それを聞いた酋長が、目を丸くして言う。

「修行すると天国に行けるようだな。それが、お前たちの言う仏になることか?」

弁瑞が、笑みを見せて答えた。

「そうだ。あらゆる修行を積んだ者が仏だ。仏は極楽に住むことができる。アイヌの人たちも、仏になる修行すると良い」

「どのようなことをするのか?食い物を断つことはできぬ」

「仏を信じ『南無阿弥陀仏』を称えるだけで良い」

「アイヌの神は、物を捧げて祈っても天国には連れて行かない。悪いことをなくし、良いことがあるよう祈ると、少しは良いことがある。難しいが、仏に祈ることも考えてみよう」

カムクタイン酋長からこの話が伝わると、ソーベツ・コタンに再び念仏踊りが復活した。ユキが先立って「なんまいだ」「なんまいだ」と称え、皆は「ホーレ、ホーレ、ホーレンナ」と続け、唄声がコタンの森にこだまするようになった。

一方、観音島では、酋長たちが帰ったあとも、弁瑞と唯念は修行を続けていた。

酋長たちが持ち込んだ玉蜀黍《とうもろこし》を食うなどして、五穀断ちを一区切り七日間にわたって続けた。これは、五穀断ちを続けるとともに、別次念仏と言う期間を区切って称名《しょうみょう》を続けるもので、修行の締めくくりでもあった。これを終え、八月二十二日に無事帰山している。明けて一月三十日のことである。大有珠山が突如爆発し噴火した。大臼山善光寺の僧侶や山麓の人々は危険を感じて、十五里（五、六キロメートル）以遠まで避難する事態になった。

ようやく五月には噴火や地震が収まる気配となり、六月中旬になって唯念他二名の僧侶たちは、善光寺の様子を見るために大有珠山に登った。

驚くことに、噴火の降灰が積もった山の斜面には人間のものとも見られる大きな足跡が残っていた。鯨尺（着物の寸法を計る物差し）で一尺六寸（約六十センチメートル）余りもある巨大なものであった。他の二人の僧侶は、恐ろしさの余りに直ちに下山してしまった。

唯念は恐れることもなく、天が与えてくれた試練と思い、念仏三昧の修行を続けた。大きな猿の類の動物と思われたが、二度と現れることがなかった。それを伝え聞いた人々は、唯念の勇剛さと忍耐力に感嘆の声を惜しまなかった。

「あれこそ不惜身命（仏法のために命を捨てる）の菩薩行だ」

やがて蝦夷《えぞ》地でのこれらの経験が、唯念をさらなる籠山《ろうざん》（山籠《やまご》もり）の修行に駆り立てることになる。

アイヌの祖父《エカシ》と娘《メノコ》
（出典；参考文献 16）

第四章　雲水西に行く

（一）

弁瑞上人たちが、布教のために蝦夷地《えぞ》に来て三年が経っていた。

弁瑞が、江戸から伝達された用件で松前奉行所に呼ばれた。彼は、大臼山善光寺に戻って来ると唯念を呼んだ。

「われらの蝦夷地での勤めも、この夏で終わりになる。わしは、増上寺の大僧正の命によって武州岩槻の浄国寺に行くことになった。これまでお前と修行を共にしてきたが、もう伝授することもない。これからも、わしにできる限りの支援は惜しまないが、お前自身でどうするか、よく考えてみよ」

「和上、この日の来るのはすでに覚悟のことにございます。五年もの長い間、御教授を賜り本当に有難うございました。これからは俗世を離れ、気ままに霊山霊所を訪ね念仏修行を続けとうございます」

「ここより西に向かうか。それも良かろう。阿弥陀経に『これより西方十万億の仏土を過ぎて世界あり。名付けて極楽と言う』とある如くじゃな。まさに浄土教の厭離穢土《おんりえど》・欣求《ごんぐ》浄土《じょうど》（汚れた世界を嫌い、清い世界を求む）の雲水行に入るか。仏陀の教えにも『かの仏智に乗じて浄土に往生してから仏性をあらわす』と言う。仏の道を極めることを祈らせてもらおう。隠遁《いんとん》・籠山《ろうざん》の志やよしとしようぞ」

弁瑞も、唯念の旅立ちを心から賛成してくれた。

その後、弁瑞は松前から法衣一式と蕎麦粉《そばこ》一斗（一八リットル）を取り寄せた。それを、唯念が出立するときに餞別として贈っている。

唯念が善光寺を後にして松前への街道に出ると、驚くことにユキが厚司《アツシ》ではなく和人の着物姿で荷物を脇に抱えて立っている。

「どこかに行くのか？」

と、唯念が何げなさを装ってそのように聞くと、ユキはやにわに荷物を投げ出して彼に武者ぶりついてくる。

「ユキ、連れて行って。ユキ、和人《シャモ》になって唯念と一緒になる」

「なんと言うことを・・・。酋長が許すはずがない。すぐ帰りなさい」

「祖父《エカシ》に『唯念と一緒になる。だめなら、ユキ死ぬ』と言った。エカシ『生きろ』と言った。ユキ、コタン出た」

ユキは、一緒に行くと言って聞かない。説得に応じないユキに、唯念は意を固めた。

この少し先に大有珠山から流れ出る沢がある。彼は無言のままでそこに向かった。ユキはいぶかしみながらも後をついて来る。沢の奥まったところに少し土地が開けていて、大きなヤチダモの木がある。アイヌが「パンカン」と呼ぶ神の木である。

その根元に着くと、ユキははっとして見上げ、やがて深々と低頭して木の神に『シル、アンパ、カムイ・・・・・・・・』と呼びかけ、しばしお祈りをしている。この地を離れることの赦《ゆる》しを乞うているようであった。

それに構わず唯念は、浄衣の紐を解き衣類を脱ぎ捨て始める。それを見てユキは驚きを隠さなかったが、唯念が下帯一つになると自分も意を決したように衣類を脱ぎ始める。

彼女が肌襦袢《はだじゅばん》（和服の下着）のまま唯念に抱きつこうとした。そのとき唯念は、さっと沢の流れの中に入って行く。そして、直ぐ上流に落ち込む滝壺に入り込む。唯念は合掌して
「南無阿弥陀仏 南無阿弥陀仏 ・・・・・・・・・・・」

と、称え始める。滝に打たれる滝垢離《たきごり》の行に入る。ユキは、ちょっと戸惑いを見せたが、やがて唯念の横に立って手を組み一緒に滝に打たれる。

秋に入って一段と寒さが増したこのころの水は、冷たさを増している。四半刻《しはんとき》（三〇

分）も経ったころ、唯念に続きユキも滝を離れた。ユキは忍耐の限界であったであろう、陸《おか》に上がると失神状態で唯念に崩れるように縋《すが》りつく。

唯念はユキの冷え切った体を抱きかかえただひたすら、愛染明王の真言を称え続ける。

「ウンタキ　ウンザ　ウンシッチ　・・・・・・・・・」

男女の愛の菩提を祈るのみであった。菩提とは、煩悩を断って得る悟りの境地である。

やがて体も温まり意識が戻ったユキは、抱きつく腕に力が入ってくる。つぶらな瞳を見開いて、つぶやくように言う。

「イヨシコッテ（夫婦ごと）して」

唯念は、一瞬何のことか分からなかった。はっと気づけば、いつぞやユキの唄った詩の中にあった。それに違いなかった。あえて無視して衣を着ようと立ち上がると、滝に打たれたために下帯が解けていて全裸だった。ユキが、ハッと息を詰めて目を凍らせる。

それに気づいた唯念は、普通のことのように口にした。

「おう、そうだった。わしはイヨシコッテできないのだ」

ユキは言葉もなく、茫然《ぼうぜん》と立ちすくむ。そして、彼に向けた目がつぶやく。

「なぜ？どうして・・・」

「仏の道に入るために捨てた」

法話でもするようにそう言うと、唯念は念仏を口ずさみながら浄衣を纏い始める。

ユキは、パンカンの木の根元に突っ伏してしまった。嗚咽に肩が波打っている。

それを見た唯念が、祈り終えたように念仏の口を閉ざした。やおらして再び口を開いたときには、声に響きが戻っていた。しかし、彼の目はユキから離れていた。

「わしは、西へ向かい一人で行かねばならない。ユキはコタンに帰るのだ。生きてアイヌに念仏踊りを伝えよ」

やがて着物に手を通し始めたユキに気づくと、唯念は彼女越しにパンカンの木に向かい、合掌して二度三度低頭し念仏を称える。声は低かったが、普段の無心のときとは違っていた。意識しての重々しい称名《しょうめよう》は、ユキとこの地に永久《とわ》の別れを告げていたのであろう。

しばらく続いた称名の後、彼は思い直したように向きを変えると歩を踏み出す。そして、合掌の手を解き前に突き出す。高めた声が、辺りのしじまを破った。

後の世を　普賢菩薩と　祈るべし
この世は夢の　仮の宿
南無阿弥陀仏　・・・・・　・・・・・

南無仏と　称うる弥陀の　六字こそ
取りも直さず　そのままの　弥陀
南無阿弥陀仏　・・・・　・・・・

やがて、ユキも立ち上がって手拍子を合わせ歩を運ぶ。

踊り終えると、彼は何事もなかったかのように、荷物を肩にした。

唯念は街道に出ると、そのまま西に向かう。

「南無阿弥陀仏」の称名が、パンカンの木立ちに反響していた。彼は、後ろからついて来て街道に出たユキを振り返ることはなかった。足早に過ぎるその後ろ姿には、ただひたすらの一途さが滲み出ている。

ユキは、その彼を見たであろうが、黙ったまま東を向いて歩き出した。俯いているために、嗚咽を飲み込んでいる肩の震えが抑えられないのであろうことが見てとれた。

なお、後世になって、なぜかソウベツ・コタンに念仏踊りを伝える口伝えは残っていないと言う。

（二）

本州に渡った唯念は、最北端の陸奥国《むつのくに》南部（東北下北地方）の霊場宇曽利山に入った。白茶けゴツゴツとした岩っ原の荒れ果てた感じは、とうていこの世の世界とは思われない。火山の噴気の吹き上がる中に、何の骸《むくろ》を啄《ついば》むのか烏が群れをなして乱舞する。通常、恐山と言われるように、まさに霊界の景観である。

唯念には、これこそ隠遁籠山《いんとんろうざん》に恰好《かっこう》の地と思われた。

恐山菩提寺の参道には、葭簀《よしず》で囲った小屋掛けが個々勝手に列をなしている。霊を呼ぶ、いわゆる口寄せの巫女《いたこ》の小屋である。土産物屋まであり、多くの参詣客で混雑している。

唯念が通り掛かると、一人の老いた巫女が中腰になって彼の手を引く。

「あーれっ、坊主《ぼん》さー、若《わげ》えのに背後霊背負《しょ》って歩《あり》いてるだがさ、何さあっのがやあ」

老婆の顔は、深い皺が刻みこまれている上に日焼けしていて、陰惨なことおびただしい。その顔をさらに深刻な顔つきにして呼びかけた。窪んだ目は、心の底まで見通すかと思われるように底光りしている。その眼力に、唯念はふと心が動いた。

「おどんは念仏三昧の身、その体に何の霊がつくのか？」

「銭だばまいねしゃあ（銭は要らない）。そん霊だば呼んでみるはで（みるから）」

巫女は、御幣を打ち振り呪文を称えて祈り始める。やがてばったりと身を伏せてうめく。

「祖父《じじ》じゃぞう。お前《はん》、何《なん》ばしとおるか。江戸に出て侍にならずと、坊主になりくさる。ほっつき歩《さる》くの止せ。早う仕官せよ。おどんま、肥後国《ひごのくに》の地獄で成仏でけんでおるとよ」

唯念は驚きを隠せなかった。生国もそうだったが、祖父の声は本当に本人そのものである。話の筋の信憑性《しんぴょうせい》にも、疑う余地がなかった。

「わしも霊界には無縁ではない身だが、まだいかなる霊にも会うたことはない。どうすれば、その霊に成仏してもらえるのか」

「婆《ばば》が浄霊《おまつり》しておくはで（おきましょう）。そんだば、銭っこ掛かるが、えがしゃ（良いか）」

「祈祷なら自分でやる。実の祖父のことだ。わしを見守ってくれていよう。ときに一つだけ教えてくれ。どうゆう修行したら、霊を呼ぶことができるか」

「ひっ、ひっ、ひっ、ひー。わしらの株を取るってがや。いがな、いがな（いや、いや）好い男だはんで、教《おせ》えてやる。五十年がとこ、恐山に籠《こも》ってお地蔵さんさ拝んだはんで、こうなてそろー（なったよ）」

唯念は、この山に籠る決心をした。

ここに来た最初から、この山には強く牽《ひ》かれるものがあり、その上に巫女《いたこ》や霊界に興味が尽きない。ことに、十年近く家族とも音信を断ったままである。あの世の祖父や、健在であるのも分からない父母に菩提《ぼだい》を尽くしたい。

――ここに籠《こも》って修行すれば、霊気に触れてあの巫女たちと同じように諸霊と語り、あるいは諸仏の説話を直かに聞くことができるようになるかも知れない。

唯念は、恐山火山の外輪山で八つあるうちの一つの小尽山に籠って、一人別時修行に入った。三千日五穀断ちの念仏修行を目指した。

彼が修行していると、様々な人たちがこの恐山に参拝し祈祷を受けるためにやって来る。ことに、高野山や比叡山に次ぐ三大霊場とも言われるだけのことはあって、修験者も多い。

彼は、その中の一人で額禅という修験者と親しくなった。

唯念は、かつて武州行徳の徳願寺にいたころ修験道に手を染めていたために話が良く合うのである。それに、山林走破や修羅界《しゆらかい》の相撲にしても恰好《かっこう》の相手であった。また、非常に助かったのは、彼が修験道で野の薬草を使う薬法に精通していたことである。五穀断ちでは、体力の維持がまことに難しい。薬法に救われることが多くなっていった。

その額禅も、唯念の五穀断ちには目を剥《む》く。

「わしも、山籠りで粗食には馴れている積もりじゃが、貴僧の木食《もくじき》はとうてい真似できない。われらの五穀断ちなど、いわば形だけだ。よくそれで修羅界なんぞができるもんだ。わしも決して弱い体でないが、貴僧にはしばしば気圧《けお》わされる」

「五穀断ちの上に十穀断ちもある。前の年に、蝦夷《えぞ》地で十穀断ち百日行をしていた。これには体力がなくては叶わぬ。それに比べ、修羅界は一時《いっとき》の念力の集中だからのう」

「念仏行が修験道に劣らぬとは、初めて知った。ときにもう三千日行も明けると言うが、貴僧は何を悟られたか」

「無辺《むへん》（限りない）の悟りと言うものかのう。さりとて何を得たわけでもない。煩悩が消えて無心に念仏が称えられる。それだけじゃ」

「修験道に比べると、ずいぶんと簡明なことじゃのう」

「確かに、修験道は幅が広いようだ。わしも機会があったら修行をしてみたい」

　それを聞くと、額禅が顔を輝かせて言う。

「修験道の修行を積むならば、わしがいた羽州《うしゅう》（出羽）の三山が最高の霊場だ。ここの霊場もすごいが、道場としては羽州の方がよほど優れている。それに先祖の霊を祀るならば、三山の中の月山の日月寺は祖霊信仰が有名だ。ここより真っ当じゃ」

唯念は、少なからず心が動かされ、三山に帰る額禅に同行することにした。

例の巫女《いたこ》は、名を『とき』と言ったが、唯念は時おり訪ねて話を聞いていた。

いわゆる耳学問であろうが、彼女は驚くほど博識であった。参詣人も多いために、世間の噂話から幕藩の政治の事情までにも通じているようであった。

山籠《やまごも》りを続けている唯念にとっては、かけがいのない世間との繋がりであった。

彼は、この地を発つことにした日に、ときに別れを告げようとして立ち寄った。

ときは、腰が二つに折れ曲がって伏せるような恰好《かっこう》のままで、上目使いに見上げるのさえようやくの有様であった。

それでも目の球だけはいよいよ怪しく底光りしている。どこまでが口なのか分からない深い皺の端を、ちょっと緩めた。商売がら相変わらず口だけはまだ達者だった。

「随分《めった》と、久《ひあ》しぶりでねしゃ。おう、早え八年にもなるがや。羽州だってかやあ。それは、それは。坊《ぼん》さ、お前《めえ》は侍だば止して良《い》がったじゃあ。今し、何処《どご》さ行っても、浪人狩りだはんでな」

文化九年（一八一二）の浪人取締令のことで、もし浪人をしていたなら大変なことだったと知らされる。

続けて、声にもならない笑いを見せて言った。

「少《ちい》ったあ、口寄せでぎたがやあ」

「とても、とても。念仏三昧じゃったで、無辺《むへん》の悟りだけよ。それも道半ばだ」

「『無辺の悟り』だば、法然上人さんでしな。そりゃあ、口寄せたあ別もんだはんで」

「えらいことを知っているのう。ついでに、今生の別れだ。一つ伝授してくれ。口寄せの秘訣《ひけつ》は何か？」

「まだ、それを・・・。うんだば、餞別代わりでしな。そりゃあ、それごそ念仏だけではなぐ、なもかも（何もかにも）霊になり切ることが大事《でやあじ》だでばなー。そえごそたあべづね（それとは別に）、世間のことさ沢山《うつど》知るごとだよう」

「世間のことを？」

「坊さのこたあ、初めの一言で分かったはんで。『おどん』はの一言で、肥後《ひご》生まれだば分かる。そんに、顔つき言葉遣いで侍の出だともな。今どきだあ、江戸で仕官まいねしゃ、そんで坊主だ。ふっ、ふっ、ふっ。そしたこと、あたんでへんべかやあ（あったでないか）」

唯念があ然として見つめる。

――それにしても、五十年の修行あっての口寄せ。霊になり切ることか。やはりのう。

彼は、あやい笠の紐を締め直すと、額禅を促して肩を並べた。

修羅界

（三）

唯念は、額禅の口ききで出羽三山の一つの月山にある日月寺に身を寄せていた。その彼が、一月《ひとつき》も経たないうちに額禅のところにやって来た。額禅は、羽黒山の修験道場の僧坊に居住している。

唯念は心なしにか、浮かぬ顔であった。額禅が眉を捻って聞く。

「どうした?もう、菩提が済んだわけでもなかろうに・・・・」

「祖霊信仰の霊場と言うから、修行に励んで先祖の霊に菩提を尽くそうとした。それに、やがては見仏の境地に入るも叶うかと思ったが、どうやら話が違《ちご》うたようじゃ」

「あそこは、十三年五千日の別次修行をやり遂げる霊場だ。一月で終わる話ではないのう」

「十三年は厭《いと》わぬ。ただのう、あそこの祖霊信仰は、在家の者のための仏事に過ぎない。葬式とか何回忌とかの仏事により祖霊を祭祀《まつ》ることを信仰としている」

「貴僧は、それが目的で日月寺に入ったのではなかったか?」

「わしは、厳しい修行により煩悩を断ち、無上の悟りを啓いて仏心に帰依《きえ》することのみを願っている。祖霊信仰もその一つと考えていた」

「それを言うなら湯殿山だ。あそこでは、昔、鉄門海上人が即身仏を成し遂げたところだ」

「それは聞いた。当時は、修行成った行者が入定《にゅうじょう》（覚悟の餓死）を目指した霊場とか・・・」

「貴僧、それを目指すか？」

「いや、まだその境地に達していない。しかし、せっかくこの三山に来た。御坊のところで修験道に精進してみようと考え直した。修験道と念仏は相乗感得するようだ」

「分かった。ちょうど良い。わしも霊山遍歴《りょうぜんへんれき》を終え、次の修行に入ることになっている」

額禅も大賛成で、一緒に修行しようと頬を紅潮させる。

「どのような修行に入るのか？」

「入峰《にゅうぶ》十界修行と言って、山中に入って修験道の奥義を極める修行となっている」

「十界と言うと、まさに浄土教の世界だ。わしもこれまでその幾つかは手がけている。山林走破をするのは地獄界、穀断ちは餓鬼界、例の相撲をやるのは修羅界のことだったな」

「そうだ。修羅界など地獄、餓鬼、畜生、人間、天などの六つの凡夫《ぼんぷ》の世界と、声聞《しょうもん》、縁《えん》起《ぎ》、縁覚《えんがく》、菩薩《ぼさつ》、仏の四つの聖者の世界のすべてが、本来自分の中に具わっているのだと覚《さと》ることから始まる。その上で、自分の心の本源《おおもと》のはたらきが、きちっと動き顕《あら》われるようにするというものだ」

「本源のはたらきとは？」

「それは、釈尊のお悟りの世界を、身をもって直接に体験することとされている。深甚《しんじん》の行法とも言われていて、古来秘伝となっている。詳しいことは口伝《くでん》だ。いずれはわしも、尊師からその口伝を受けることになっている」

「それこそ、拙僧が望んでいた修行だ。ぜひ同行させてくれ。ところで、入峰《にゅうぶ》となると、この三山のどこに入るのか？」

「先ずは羽黒山じゃ。三山本地の羽黒権現の始まりは、能除聖者によって感得された羽黒修験の祖だ。貴僧が修験念仏行者として修行するには恰好《かっこう》の地ではないか」

「大いにありがたい。ところで、見たところここには出羽三山神社が祀られているようだ。修験道修行に神仏の相違はないようだが、わしは仏教を信仰するゆえ念のため聞いておきたい。仏門の方はどうなっているのか？」

「羽黒権現は寂光寺の正観音を祀っている。知ってのように月山には阿弥陀如来など、そして奥の院の湯殿山には大日如来だ。これを『羽黒正観音の導きにより、月山の浄土に至り十三仏の年忌を過ぎ、湯殿の大日より出成する』として、三関三渡の霊山《りょうぜん》となっている。

この三山こそ、貴僧の籠山《ろうざん》のためにあるようなものだ」

唯念は額禅の推挙で、羽黒権現の修験担当の尊師の門下として修験道の加行《けぎょう》を許された。

日の出とともに山林走破に出かけ、羽黒山参道の石段を走り上がり、坂道を馳せ下る。

さすがの唯念もその激しさに息が切れ切れとなり、悶絶寸前で境内に倒れ込む。

境内は、はっとするほど冷んやりとしている。権現社は標高百四十丈（四二〇メートル）にあって、夏であっても冷涼この上もない。その上に鬱蒼たる森林に囲まれ、中でも五人で抱えても余るような杉の大樹が苔生《こけむ》して林立し、ことさら辺りに冷気が立ち込める。

その冷気で生き返るのも束の間、修羅界《しゅらかい》の相撲に取り組む。力の限りを尽くして押し合う。この界は精進を尽くすと言われる通りで、精根果てるまで続けられるのである。

その後では、念仏を称えながら水を被って沐浴《もくよく》し身を清める。

木食行《もくじきぎょう》の五穀断ちに入っているから、この日の朝飯は玉蜀黍《とうもろこし》の引き割りと蕎麦《そば》粉《こ》の冷水練り合わせが主食になっている。それに生の豆乳と独活《うど》などの山菜が副食としてつく。

朝飯のあとは、畜生界に入り夜まで水断ちとなる。

この十界修行の心得は、聖人とされる修験の先覚者の御真言や御誓言として口頭で伝えられている。額禅はすでにそれを修得していて、導師となって唯念に説き聞かせる。

「御誓言の多くは、修験道の開祖で弥勒菩薩《みろくぼさつ》の化身とされている役行者《えんのぎょうじゃ》が称えたものだ。たとえばだな『わが道に入って証果を得んと欲《おも》わば、十界頓超の行をなすべし』などの御誓言があり『十界を知りこれらを超える修行をしなさい』となっている。この御誓言の大元が御真言だ。役行者の御真言は梵語《ぼんご》で『オン　マイチリ　ボロン　ソワカ』だ」

昼の時間は、本堂板敷に座り込んで座禅を組み、不生不滅の覚りの極限に到達するまで思念を凝らす。生きるという雑念を捨てて、不滅である仏の世界に入ることであった。

座禅を終わると、境内を散策しながら額禅が口伝を続ける。

「十界それぞれに覚りを啓《ひら》く思念の方法があり、人間界では忍辱《にんにく》という辱めに耐える精神力を養い、天上界では禅定《ぜんじょう》と言ってお釈迦様の教えを深く考える。これらを六波羅蜜と呼んでいる。菩薩界に入るには、この六波羅蜜の苦行を仏に代わってやり遂げるのだ」

二年が過ぎて基本となる修行が一通り済むと、修験道のさまざまな祈祷の修験に入る。

「外縛印《そとばくいん》を結べ。自分も大日如来になり切れ。お前自身が大日如来だ。必死に祈れ」

額禅のはらわたを絞るような声が響く。唯念は両手の指を外に向けて組み

「アビラウンケン　バサラドトバン　・・・・・・・・・・・」

と、大日如来の御真言を梵語（サンスクリット）で称える。心を無にしてひたすら如来の

御心に入り込む。唯念が如来の境界に没入したと見ると、額禅が必殺の一声を投げかける。

「『皆』印を結べ。四縦五横斜に切れ」

唯念が心の中で必死に『皆』を称える。握った外縛印《そとばくいん》を、眼前の虚空で縦に四回横に五回切り、最後に斜め左下に切り下ろす。額禅が蒼白になった顔面に汗をたぎらせる。

「おうっ。感応ありっ」

唯念の念力が額禅に届いた瞬間である。『仏作仏行《ぶつさぶつぎょう》』という仏の働きと仏の行いに唯念が到達し、霊験が得られたのである。これを修験道では『本来の仏の遊戯《ゆげ》』と言って、自由自在な働きとして他の人の修行に感応を与える。『印を結ぶ』という修験道の祈祷である。

この九字の秘法が完成すると、まさに神業のような霊験が現れる。たとえば、夜中に鶏が騒ぎ出したので、その方向に九字の印を切り結ぶと静まった。翌朝行って見ると狐が死んでいたという実話もある。

唯念は、この九字の秘法に没頭していた。無我の境地で、仏の御心に直接触れることができるかと、一心不乱になって印を切っていた。

これは修験道の加持の法『九字大事』あるいは『九字護身法』とも呼ばれているもので

ある。『臨』『兵』『闘』『者』『皆』『陣』『烈』『在』『前』を称えて印を結んで祈祷する。

印とは、九字ごとに決まっている両手の指の組み方である。指を組み思念を集中して願いごとを本尊に祈って霊験を得るというものであった。

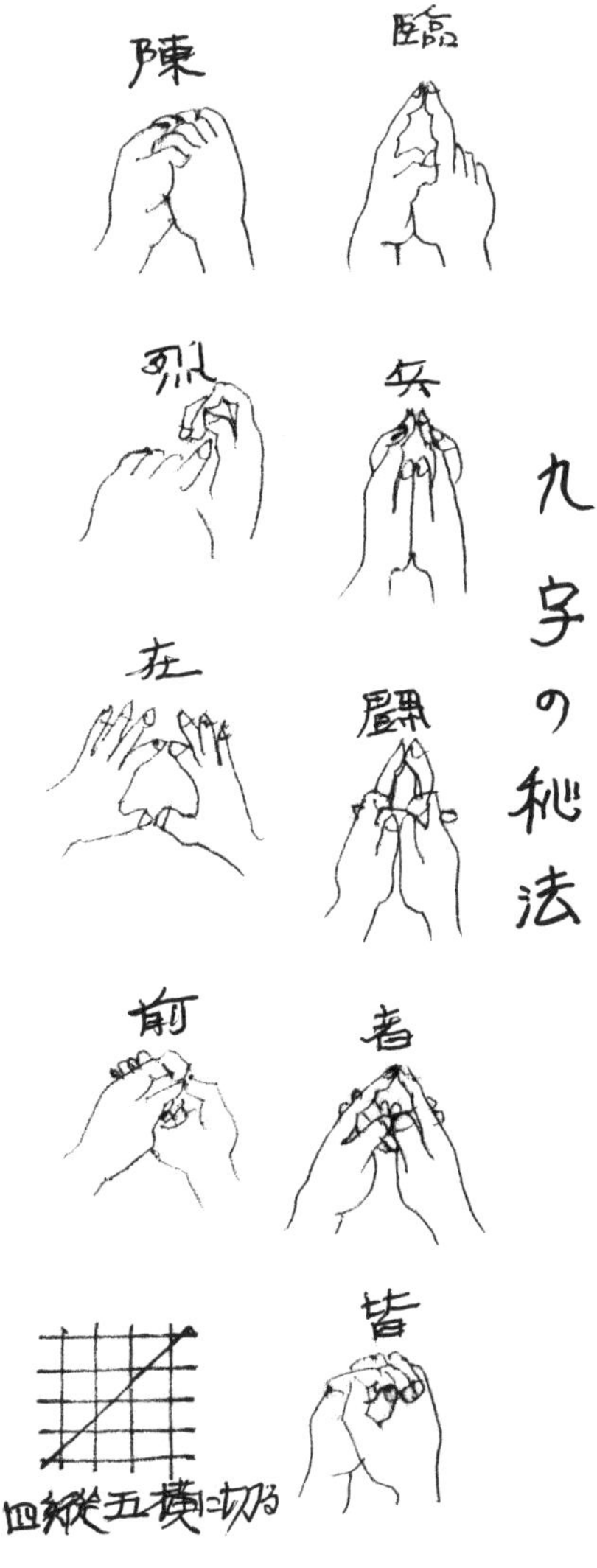

（四）

唯念は、出羽三山での修行を三年で打ち切った。

一時《いっとき》は、三山を巡り十三年かけていわゆる三関三途の修行を考えたこともあった。しかし、修験道の修行を続けていると、念仏と修験の世界の違いが気になって仕方がない。

――かの法然上人は「往生極楽のためには南無阿弥陀仏と申して疑いなく往生すると思い取ること」と教えている。念仏こそが見仏への途。さらに極めれば自らが仏になる『即身仏』の世界。一方、修験道は、釈尊のお覚りの境地が本来わが身に備わっている『即身即身』（そのまま、そのまま）と自覚し自ら体力や念力を養《やしな》い、やがて仏道に至るとされる。

ここで唯念は、はたと疑念の壁に打ち当たる。

――いくら思念を集中して印を切っても、仏道に至ることがない。印を切って相手に伝わることはあっても、仏に通ずることがないではないか。『南無阿弥陀仏』を称える方が、素直《すなお》に仏に近づくことができる。念仏と修験は仏道にあっては異なるものではないのか？

唯念は、迷いから抜け出せなかった。

――修験道の修行を通して得た経験は、まことに得難いものであったのも事実だ。あの修羅界にしても、山林走破にしても、薬法や十字の秘法にしても、これからの身心の鍛錬はもちろんのこと念仏修行に大いに役立つこともはっきりしている。それにしても、修験道を極める聖地とされているこの三山の華麗な神社仏閣、そしてあの仰々しい修験者と修行のやり様はとうてい、わしの念仏行とはあい容れぬ。一人一心に念仏を称え、仏の御姿を拝することなど望めるものでない。

いろいろと思案を重ねた結果、修験道の修行だけにここで十三年を過ごすことは、断念せざるを得なかった。

唯念は、『念仏と修験の位相（違い）』の命題を抱えたまま、再び雲水に戻ることにした。

文政三年（一八二〇）の夏であった。三山のある出羽国（山形県）から山続きを越え、谷を下り野に出て村を過《よぎ》って、足の向くままに念仏行脚《あんぎや》を続けていた。

名も知れぬ山頂で念仏行に打ち込み、そのまま称名を続けて下った先は会津であった。猪苗代湖を渡る風に誘われて川を上り、また山を越えると上州（群馬県）に入っていた。

さらに足の向くままに行き着いた先が、めっぽうな人ごみの繁華な都邑《まちなみ》であった。それとなくうかがうと、なんとそこは江戸である。

江戸を出て十二年が経ち、唯念三十歳の秋を迎えていた。

白皙《はくせき》の少年の顔は、日焼けで渋紙のようになっている。木食《もくじき》修行や修験道を続けた頭部の骨格はがっしりとしていた。頬骨《ほほぼね》と顎《あご》の骨が発達し眼窩《がんか》は深く刻み込まれていて、頭蓋は釣鐘のようであった。まさに雲水の面魂《つらだましい》になっていた。

かつての江戸での思い出は、けっして芳《かんば》しいものでなかった。まして雲水となった今の身には、ここは無用の土地であった。

修験によって鍛え、そうでなくとも足早やの歩みが、ただひたすらに念仏を称え道の行く手だけを見据えて突き進んでいた。

浅草を通り抜けようとした先で、大きな寺に行き着いた。老師が門前に出て、落陽を見入っている。唯念は、会釈して脇道に回ろうとした。

「『雲水西に行く』か。どうじゃ、よろしければ阿弥陀仏に手を合わせて行かぬか?」

唯念は、ハッとして顔を見つめた。西を向き夕日を受けて輝く仏像のようであった。

「有難う存じます。お言葉に甘えて念仏など称えさせていただきましょう」

と、答えていた。

老師に従って門をくぐろうとすると、扁額に神田山知恩寺幡随院とある。かつての思い出深い、行徳の徳願寺と同じ浄土宗の寺であった。阿弥陀仏の手引きかと思う。

老師は、方誉順良と名乗った。上位の誉号を持つ上人であった。

四半刻《とき》（三〇分）の念仏を終え、案内されるままに庫裏《くり》に入ると、上人は茶を立て始める。

「上人、まことに卒爾《そつじ》ながら、拙僧は木食行《もくじきぎょう》を続けております。穀断ちゆえ火を用いませぬ。水なりと所望させていただきます」

「ほおうっ、お若いのに奇特なことじゃ」

上人は茶碗を替えて、水椀を立ててくれる。

「甘露とはこのことでございますな」

唯念の言葉に微かに笑みを漏らして、目を向ける。

「貴僧、修行はいかに・・・・」

「木食行は十年ほどになりましょうか。もっぱら隠遁《いんとん》・籠山《ろうざん》の念仏修行にござりますが、この三年は羽州にて修験を修めましてございます」

「修験の薬法は殊の外じゃのう。古来、仏門は医薬の伝道も担った。僧侶は渡来の学問の先覚者であった。拙僧も先人を見習い、世のため人のために医薬に手を染めている。貴僧も、向後の修行の手助けに医薬を大いに心がけられたらよい」

「いかにも、修験の薬法は木食行には欠くことができませぬ。助かっております」

「これからは、己れのみならず万人に医薬を授けるがよかろう。折角の袖触れ合う時を過ごした。お望みならば、拙僧の三脈術を伝授しょう」

「願ってもないことでございます。ぜひにもご教授くだされ」

上人は、夕食に蕎麦《そば》の水掻きを共にした後で、早速に三脈の施術方法の手ほどきをした。

「右手の親指と中指でわしの左右の首の頸動脈《けいどうみやく》を抑えよ。左手は親指にて右手の脈を取る」

「こうでございまするか」

「もっと軽く、脈に触れる程度にせよ。脈を心中《しんちゆう》に伝えよ。身中でなく、己の心に伝えるのじゃ。穏健《おんけん》に伝わるなれば、その者は穏健である証《あか》しだ。いずれかの脈に乱れを感ずるなれば、その方《かた》に疾病《さわり》がある」

「上人の脈は、誠に穏健でございますなあ」

「これからは、疾病ある者に三脈術を施し、薬法と合わせ看る修練を積むと良い。自分でも体調に応じて三脈を看よ。自ずと診断が叶う。修験の薬法と相乗すること疑いない」

翌日は、日の出前には起き出して修羅界と沐浴を済ました後、本堂で阿弥陀如来にお詣りをした。称名を続け無心になると、如来のお告げがあった。

「西に向かえ。霊山《りようぜん》あり。別時三千日の修行が叶う」

ここまでの念仏修行で、心を無にして仏に近づいた安堵感に浸ったことはあったが、これほどはっきりと言葉で言われて御心に接したことはなかった。

僧坊には、五穀断ちの朝飯が用意されていた。心利いた扱いに念仏するのみであった。庫裏《くり》に行き上人に別れを告げようとした。庭を横切る渡り廊下に出ると、上人は樟《くす》の巨木の根元に据えた庭石の上で瞑想《めいそう》している。唯念が近づくと、しばらくして目を開いた。

「ご本篤《ほんとく》なるご教授をたまわり、誠にありがとうございました。『これより西に向かえば、霊山に行き着く』との如来のお告げがありました。ご教授を具現できるよう、一心に修行いたします」

「武州八王子の高尾山じゃな。心行くまで籠山《ろうざん》なされよ」

上人は石を降りると、合掌して見送る。

唯念が高尾山に来て石畳みの参道を登って行くと、何やらジャラ、ジャラと音がする。間もなく、錫杖《しゃくじょう》を突いた十数人の修験者の列と行き会った。彼は、出羽三山にも劣らぬ修験者の群れに戸惑いを感じた。修験道の修行のためにここに来たとは思っていなかった。今朝の阿弥陀如来のお告げは何であったのかと疑念さえ過《よぎ》るが、何はともあれすべてを忘れ去ってお山に向かい念仏する。

登り切ったところに山門があった。扁額に浄心門とあり、一方の門柱には真言宗智山派大本山高尾山薬王院となっている。真言密教の寺院であった。

袈裟《けさ》がけ姿の信者の老人が、石に腰を下ろして下界を眺めていた。唯念は横に並んで、視線の行方をたどりながら聞いてみた。

「まことに恐縮ながら。ここの開山の由来など、ご存知ならばお聞かせくださらぬか」

老人は、剃髪の僧形を見てちょっと不思議そうにしたが、衣服の解《ほつ》れから旅の修行僧と分かったのであろう。思い直して話し出す。

「この薬王院は、天平十六年（七四四）に僧行基の開山と、あそこの立て札にございますがな。古くから、修験道の霊山であったようでござるがのう。もうかれこれ千百年ほどが経っていますか。昔は北条氏康侯などの保護を得ていたようですが、今は幕府直々の御支配のようでござるな。あっ、それから今では、このお山で富士山代参守の御加持がございます。わしもそれで参っておりますが、あの霊峰にお参りしたと同じ功徳がありがしてな」

言われてみて気づけば、西の山脈《やまなみ》に抜きん出た富士山の冠雪が真紅の夕日に染まっていた。その神々しさに、思わず声を上げる。

「おおっ、まさに霊峰」

唯念は、脇に老人がいるのも構わず合掌すると、霊峰へとどけとばかりに称名の声を上げる。老人も、惹き入れられたように合称する。しばらくは、霊峰に祈りを捧げていた。

――まさに西方の浄土だ。あの霊峰の下《もと》で、いつかは念仏修行に没頭したいものだ。

このとき彼は、それほど深く心に決めたわけではなかった。やがてそのことは現実となり、五十有余年の長きにわたって籠山《ろうざん》することとなる発端であった。

唯念は、薬王院の老師の下で膨大な仏典により仏教の奥義《おうぎ》の学究に打ち込んだ。徳願寺に入門の三年以来、これほど系統立って教義を学ぶことがなかった。そして、時折の念仏行のために高尾山頂の奥の山襞《やまひだ》に庵《いおり》を結んだ。西斜面の岩陰で、もちろん富士の嶺に向き合っていた。

彼は、幡随院の阿弥陀仏のお告げを守って、この地で八年間三千日におよぶ専修学究の別行（念仏以外の修行）を成し遂げた。仏道の真髄に迫る修行であった。

ときには里の村に出て辻立ちをして念仏の功徳を説いたり、また望まれれば三脈を診て薬法を授けるなどしていた。これによる幾ばくかの布施で、必要最小限の衣食を得ていた。

仏典を離れれば、行住坐臥・時処所縁を選ばず（処と時と縁を選ばず）念仏三昧で、ひたすら見仏発得《けんぶつはっとく》（仏に会う）の行に明け暮れたのである。

第五章　霊峰に籠る

（一）

――おおっ、これこそ霊峰富士の火口。焼けただれて一見地獄だが、山焼け（噴火）の火で清め尽くされている。院内の名に相応《ふさわ》しい、まさに浄土だ。

唯念が富士山頂に立ったのは、文政十一年（一八二八）三十八歳の夏のことである。

彼は、風雪に耐えてようやく形ばかり残った奥の院に籠《こも》って、念仏行を続けていた。

時折、頂上周回路で通称がお鉢周りを「六根清浄《ろっこんしょうじょう》」の斉称が通り過ぎる。前後して錫杖《しゃくじょう》の音が、近づいては消えて行く。御師《おし》に引率された富士講の人々の群れであった。御師は富士浅間神社の修験者で、富士山信仰の富士講の人々を案内している。

やがて、それさえ彼の耳には届かなくなり、無我の境地に没入する。

「南無阿弥陀仏」の称名の声は辺りに伝わっていたが、意識して称える声ではなかった。

それも、山頂を過《よぎ》る風の中に消えて行く。ふいに人声が響く。

「荘厳観見《そうごんかんけん》（仏や極楽を見ることができた）」

無心の境地にあった唯念は、ときならぬ声に念仏を止め目を開いた。

合掌した御仏《みほとけ》の御姿《おすがた》が、楼外の天空に浮かんでいた。彼は、とっさに床に伏して拝礼する。頭上から、穏やかな人声が伝わってきた。

「まさに無辺《むへん》（限りない）の悟りの境地でござったのう」

ハッと気づけば、浄衣を纏《まと》った年嵩の僧であった。

「恐れいります。唯念と申す念仏修行の雲水にございます。まだまだ、観見の境地には至っておりませぬ。今ほどは、貴僧を阿弥陀仏に見紛《みまご》うたのでございますが、貴僧こそ仏道を極めておられるのでありましょう。お導きを賜わればありがたきことにございます」

「これも御縁。一緒に念仏いたそうぞ。拙僧は、麓の郡内鹿留《ぐんないししどめ》山中の御正体山《みしょうたいやま》に庵《いおり》を結んでおる念仏行者で義賢と申す。毎年、山開きとともに登攀《とはん》し専修念仏を続けていたが、三百回別行明けを目前にして、仏のお導きで良き後継者に会えたようじゃな」

と、澄んだ眼差しに微かに笑みを浮かべてそのように言うのである。

とくに返事を求める様子もなく「それでは参ろうか」と、手にした金剛杖《こんごうじょう》を火山の噴石の間に突き立て、足場を選んですうっすと歩を進める。

一見ゆったりしているように見えるが、修験で鍛えてきた唯念でも、必死に追いすがるようにして跳び下らなければならなかった。

御正体山は富士山の鬼門に当たり、そこを守る御正体権現を祀った霊山《りょうぜん》である。

その山間《やまあい》に、掘立《ほつたて》の丸太組に草葺《くさぶき》の屋根と粗朶《そだ》の壁で出来た草庵があった。床には茣蓙《ござ》さえなく、粗朶敷が踏み均され小枝や樹皮が目詰まりしている。屋根の萱《かや》も朽ちるままであったのであろう。空が透けて見えるところもある。

一坪半（五平方メートル）ほどの広さで、小さな経机一つ以外に家具など見当たらない。壁から突き出た枝に懸かる古びた浄衣と頭陀袋《ずだぶくろ》などが、どうにか庵の趣《おもむき》を残していた。経机には一尺（三〇センチメートル）ほどの円空仏様《よう》の手彫り仏像が安置され、椀と箸一膳が供えてある。供えると言うより、棚もないために置いてあるようであった。椀は伏せられている。

義賢上人は、その居住まいを気にする様子もなく、笑みさえ見せて言う。

「一人坐しての念仏三昧には広すぎて、もったいのうござった。ゆるりと心ゆくまで念仏なされよ」

「これは何よりにございます」

唯念はそう答えると、念仏を合わせていた。

夕暮近くに、老婆が風呂敷包を抱えてやって来た。唯念を見たであろうが挨拶もせずに「よっこらしょ」と声を出して上り込み、二人の後ろに座って念仏を合わせる。

老婆は、荷物を置いたままにして、中身のことも話さずに黙って帰って行った。

やがて念仏を終えた義賢は、素足のまま外に向かう。ふと、振り返って唯念を見た。導かれて、唯念が後を追う。半丁（五〇メートル）ほどのところに小川が流れていた。

義賢は浄衣を落とすと素裸になって、手で水を掬って頭から浴びる。念仏の呟きがかすかに漏れ始める。二人は、四半時（三〇分）ほど体を浄めていた。

沐浴《もくよく》を終えて浄衣を纏うと、義賢は持ってきていた竹筒に水を満たして唯念に預けた。

自身は、土手の芹《せり》や蓬《よもぎ》を摘み始める。山菜や薬草となると、唯念も手掛けている。林に入り独活《うど》や茸《きのこ》を採ってきた。義賢は草摘みを止めて、土手に腰を下ろしながら言う。

「おう、これは、これは・・・・。穀断ちにはうってつけじゃ」

「やはり、木食行《もくじきぎょう》を・・・・」

「木食行は、終世の修行と心得てござる。念仏修行には、またとない合わせ行《ぎょう》でござるな。この地に来て、妙心行者が籠《こも》っていたあの庵に入り、遺徳を偲びつつその合わせ行を続けてござる。もうかれこれ十数年になり申す」

「妙心行者？」

「美濃国《みののくに》（岐阜県）の蒲原村の生まれの御人《ごじん》でな。幼いころから俗塵《ぞくじん》を嫌って仏道に帰依《きえ》する覚悟があったということじゃ。寛政五年（一七九三）ということでしたな。十五歳になると家出《いえで》して信州（長野県）の善光寺に行き、中万善堂主の下で剃髪《ていはつ》し明心を名乗ったそうだ。その後ここに来て、この庵《いおり》を結び念仏修行に入った。十八年前の文化七年（一八一〇）に三十七歳の若さで、ここに端坐したままで入定《にゅうじょう》（覚悟の餓死）していたそうだ。その記録が村の寺に残っている。村人が遺骸を見つけたのは大分経っていたらしい。日頃より修験の薬法を用いていたとかで、顔や体は腐りもせずにそのままだったので、今も寺の厨子《ずし》に安置している。仏名は妙心と仰せられる。この庵は、その後拙僧が勝手に継いでござる」

「修験の薬法なれば、虫避けに効く山椒《さんしょう》の実や千振《せんぶり》、現《げん》の証拠などの薬草を入定前から食していたのでございましょう。見事な覚悟にございますな」

「貴僧も修験を・・・。霊場は何処《いずこ》？」

その言葉に、唯念はハッとした。

――――自分と同じように、修験道と念仏修行をした行者の先覚者だ。良き師に会えた。

「出羽羽黒山にて修行いたしました」

「おうっ、わしは出羽の生まれでござってな。若いころ出羽湯殿山で修行した」

義賢上人は、この時口にしなかったが、徳川御三家の紀州や尾張の藩主も帰依《きえ》したほどの高名な木食行者であった。

「羽黒山には、いかほど・・・・」

「十年ほど前でございますが、三年間籠山《ろうざん》いたしました」

「時期は異なるが、わしもあそこで千日行を果たしたことがある。御縁でござるのう。出羽三山にては、良き修行ができたでござろう」

「長いこと念仏と修験の狭間で、仏道を探しておりました」

「まさに十念の念法。なかなかの命題よのう。即身仏と即身即身、どちらも仏道を究めるものであることは分かり切ったことじゃがのう・・・・」

「修験道も入り口、それに念仏も十念第一の初手半ばにございます。十念第二の念法には手も届いておりませぬ。まして十念総てを極めるは生涯の命題になろうかと・・・・」

「それはそれで、よろしいではないか。妙心行者が身を以て範を示しておられる。念仏から十念最後の念死を全うしておられる。しかも、現身《うつしみ》の端坐姿を残して仏になられた。まさに、修験と念仏の究極の合わせ行。これこそ、念仏念法あっての念死ではござらぬか」

「良き話にござります。拙僧のごときは、まだまだ修行が足りませぬ。御許《みもと》で修行が叶いますこと、まこと、仏道の第一歩にございます」

唯念は、かつて弁瑞和上から十念には『念仏』『念法』『念僧』『念戒』『念施』『念天』『念休息』『念安般』『念身』『念死』があるという法話を聞いたことを懐かしく思い出していた。

その上に思わぬところで、奥義の第一歩が十念血脈ともいわれる『師資相承（師から受け継ぐ）』を実現したことに感銘を深めていた。

義賢は、しばらく無言で唯念を見詰めていたが、やおら口にした。

「いずれ、修験と念仏の修行を極めるには、左合わせの山間《やまあい》を探されよ。富士を巡っては霊山《りょうぜん》や霊場も多い。そのようなところもどこかにあろう。そこでこそ、まさに修験念仏修行の念法が叶うであろう」

唯念は、修験と念仏の命題を再び心に刻み込んだ。左合わせの山間とは、言い得て妙と言うべきか。両道を極めた行者の言葉に相応《ふさわ》しいと思った。

話がはずんで、帰ったときには月明かりが庵を包んでいた。内にも月光が漏れている。

老婆が置いて行った風呂敷には、ねじくれた小さい大根とニンジンに小袋二つが入っていた。義賢は、それらを採って来た芹《せり》などとともに無造作に床に並べた。

椀を取ると、袋の蕎麦粉《そばこ》と玉蜀黍《とうもろこし》の挽き割りを落とし込む。それに水を注いで手で捏《こ》ねる。

ふと気づいたように、壁の枝に下がった竹筒から一振りの塩を混ぜる。目に笑みを見せ、唯念に椀の半分を取り残してすすめた。自身は、団子にして手にする。念仏を称える顎《あご》の動きに合わせて、それらの食餌《しよくじ》を咀嚼《そしやく》する。すべてが生のままである。食ったものは意識して呑み込まず、自然に喉元《のどもと》を沁み込むように流れ落ちて行くに任せる。

木食行《もくじきぎよう》の夕食を終えると、再び念仏を始める。

朝になり、二人は連れ立って山林走破に出た。眼下の山中湖は鏡のように澄み切っている。そこには、朝日に映える紫金の夏富士の山頂が映っていた。余りの貴さに、唯念は足を止めて五体投地の拝礼をし、坐ったまま合掌して念仏する。念仏はすぐに合称となる。

このようにして始まった念仏修行は、九十日に及んでいた。

義賢の霊峰籠山の専修念仏三千日別行が終わる日でもあった。彼は

「いずれ仏身となって、極楽仏土で会うを楽しみにしている」

とまで言ったが、跡を引き継ぐことも、さらには行方をも告げずに合掌したまま、薄《すすき》の穂《ほ》波《なみ》のそよぐ中に消えて行った。

入れ違いに、いつも蕎麦粉《そばこ》などを届ける老婆が、息も絶え絶えに小走りにやって来た。

「どうかしたか？」

と、唯念が眉を捩じり上げていぶかしむ。

「上人さまん、早《ひや》あ去《い》ってしまったっつなかやあ（行ってしまったと言うのかよ）」

「今さっき山を下った。行先は言わなかったが、念仏行脚《あんぎゃ》に出たようだ」

「ひゃあーっ、遅かっただがや」

「何とした？」

「蕎麦粉を持たすべえとしたどーに（持たそうとしたのに）・・・・」

「あの足ではもう追いつかんのう」

「上人さまん、すぐに断食やるだあてばあよう。去年も富士山に入《ひやあ》あって、本当《ほんこ》に食い物《もん》断って死のうとしたどーで。皆んなでいい折《あんばい》に担《にな》え下《おれ》えただよう。そいじゃあから、蕎麦粉でんまりやるべえとしたあでござったたっけが（でもやろうとしたのですが）・・・・」

　唯念は、はっと気づいた。

――そう言えば、上人から十念の念死について話を聞いた後に、何度か各地の霊場で入《にゅう》定《じょう》した行者たちの即身仏の行跡を偲ぶ話を聞いたことがあった。自らも霊峰の下《もと》で入定を志したのか・・・・。

富士講の登山衣装（出典；参考文献8）

（二）

その日、唯念が沐浴に小川に行くと、昨日はなかった丸太のようなものが流れ着いている。宵闇が深まっていて良く見えなかった。

彼は、浄衣を落として水に手を入れようとしてのぞき見た。丸太とみたのは仰向けに倒れた裸の人間であった。

何はともあれ、急いで抱きかかえて土手に上げる。顔を近づけると、微かに息が漏れている。やにわに、三脈を診る。細い脈ながら、温和に打っている。

足下に絡まるものがあり、取り上げると衣類であった。自分の浄衣とともに丸めて体に掛けて抱き上げる。意外と軽くかなりの老人のようであった。

庵《いおり》に帰って横たえると、老人はほとんど無意識のようであったが「寒い」と漏らす。火の気などあろうはずもない。唯念は、自らの体で温めることにした。

冷たかった体も、小半刻（三十分）ほどで温かみを取り戻してきた。手にも少し力が入り、ひしと縋《すが》ってくる。声を漏らした。夢を見ているかのようである。

「み・ほ・と・け、おお、仏陀・・・。南無阿弥陀仏、・・・・・、・・・・・」

唯念も、抱きかかえたまま合称していた。やがて、無我の境地に入っていく。

いつのまにか、月が上がって草屋根の隙間から光が漏れていた。見るともなく目に映るままに窺《うかが》えば、抱きかかえているのは剃頭の御仏《みほとけ》ではないか。彼は、抱きかかえる手を解いて俯《うつぶ》せたまま合掌し、いよいよ念仏に没頭する。やがて御仏は御身《おんみ》をもたげ、彼の頬に両の掌《てのひら》をそっと当て、御唇《ぎょしん》をもって額から口に触れ胸から下腹部にまで口づける。ありがたき限りの法悦に、唯念の全身全霊は御仏の供養になっていた。

唯念は、慈愛に応えて仏と一体にならなければと覚り、合掌の手を躰とともに開いて撫《ぶ》仏《ぶつ》の限りを尽くそうとする。唇は指とともに御身肌《おみはだ》の隅々にまで触れ、指は秘所の奥底までにもいざなわれる。

御仏の御体とともに、唯念の心身も燃え盛る護摩《ごま》の火に照らされたように熱くなっていた。やがて、突如その火中に身を投げ込まれ、灼熱の恍惚《こうこつ》に襲われたと思った瞬間、気が遠のいてしまった。

どのくらいの時間が経ったのかも分からなかった。唯念は御仏の横に臥していた。そっと拝観すれば、御仏は薄い乳房をたおやかにつけた観音菩薩であった。彼は、ハッとして体を離す。すぐに合掌して低頭のまま称名する。やがて衣擦れの音がして御仏は御衣《みころも》を纏《まと》う。

自らの身造りを終えると、唯念の浄衣をとって後ろから掛けてくれる。

「もったいのうございます」

唯念が口走るのに、少しかすれた女声が漏れる。

「何を仰せられる。わたしこそ、お助けいただき命拾いいたしました。貴方こそ仏陀の生まれ変わりでありましょうに・・・・」

よくよく見れば目の前に、かなり年老いた尼僧がちょこ然《ねん》と坐っている。

「御尼公さま・・・・」

彼の、いかにも驚いた様を見て、尼僧は意外なほどあでやかに笑った。

「ホ、ホ、ホ、生身の尼にございます。名は妙善で、確かこの間、卒寿（九〇歳）でしたような・・・。そのようなことより、お助けいただいたお礼を申し上げねばなりませぬ」

「お助けなどと・・・。沐浴場《みずあみば》の水中に倒れておいでででしたので、ここにお連れしただけでございます。冷たいお体を温《ぬく》めんとしましたが、観音様、たしか准提観音であらせられたようでござるが、私の方こそ御慈愛を賜り極楽を見させていただきました」

尼僧は、驚きを隠さなかった。

「私も仏陀にお縋《すが》りして、生まれて初めて御慈愛を受けましたような・・・・」

「拙僧、もちろん不犯《ふぼん》（禁欲）の身ながら、観音様に赤白《せきびゃく》の父母《ぶぼ》和合（性交合）にあずかりました。護摩《ごま》の火の如くに灼熱の慈愛にございました」

「私も、御仏《みほとけ》にお縋りして、赤白二水（男女の子種）を授かりました。かくなる上は、天上の極楽にて御児《みこ》を生みましょうぞ。そこで、仏になったわれら二人が金剛童子などに育て上げましょうに・・・・」

木食《もくじき》を共にしながら、二人の話は尽きなかった。

「義賢さまとお二人の念仏行は、葉影から拝見させてもらい、私も一緒に称名していました。まことに堅固な念仏にございましたな」

「御尼公さまは、いつからここに籠山《ろうざん》なされましたか」

「この地は妙心行者の籠山の地で、私がお訪ねしてきて引き継ぐことになりました。やがて義賢さまと代わりました。年老いた私を心配して、里人が『冬は炭焼き小屋の方が温かい』と言うて、この奥の炭窯の脇に小屋掛けしてくれましてな」

「あの、妙心行者の教えを受けられましたので？」

唯念が、驚きをかくさず聞く。

「実は、尼になったばかりの歳の端もいかぬ若いころ、話題の源義経に懸想《けそう》しましてな。明けても暮れても義経に会いたい一心でした。尼寺では、世の中の殿御《とのご》を慕うことなど許されませせなんだゆえでございます。そんなあるとき夢を見たのです。なんぞや尊い仏様が現れて『富士の麓に行けば、義経の再誕の方が籠山《ろうざん》しておられる』とのお告げでした」

「それが妙心さまで？」

「全くそのとおりでございます」

老尼は、心なしにか顔を曇らせる。

「私はここに来るまで、妙心さまは修行中とばかり思っておりました。ご一緒に念仏できるのを楽しみにしておりました。ところが、一か月前に断食入定《だんじきにゆうじよう》なすっていて、もう御仏《みほとけ》になられていました。でもありがたいことに、厨子《ずし》にお入りになった妙心さまは生前のままのお姿だったのです。村人が大事に守っておられましたので、生きたままのような妙心さまにお会いし心ゆくまで仏前で念仏をすることができました。それからは、妙心さまがお使いになったあの沐浴場《みずあみば》がお慕わしく、毎日のように水垢離《みずごり》を続けておりました。昨日も降りて参りまして、水に浸かろうとして足を滑らせてしまいました。妙心さまのおかげでしょうか、成仏《じょうぶつ》せずに御坊さまという仏さまにお会いできました」

「成仏などとんでもない。まことの生き仏にございます」

「ほ、ほ、ほっ、ほ、私など・・・・。そちらさまこそ生き仏であらせられる。それこそ、義経再誕の妙心さまのお生まれ代わりでございましょう。きっとさようにございます」

「いえ、いえ、とても、とても。そういえば、妙善さまこそ静御前《しずかごぜん》の再誕であらせられる」

二人が淡々と打ち明ける情愛は、恥じらいもなく歳さえも感じさせない。

ふと、妙善尼が顔を戻した。

「先ほど、二水をお恵みくだすったとき気づきましたが、仏身になるがために身根を除かれましたので・・・・」

あたかも、法話で古い仏話でもするようであった。

「恥入ります。若気の至りでございます。只々、穢《けが》れなき純なることを願ったのみにございます。武州行徳の徳願寺の弁瑞和上《わじよう》から得度《とくど》を受ける前に、自ら断根しました」

「えらい信心の深さにございますなあ。それにしても、もったいないことを・・・・」

「自分では、そのように思うたことはございませぬ。ただし、修行のためには決して良かったとは思いませなんだ」

「そこまで心を決めておられるのに、どうして・・・・」

「あれなど、あってもなくても煩悩《ぼんのう》を断つのは同じにございます。いえ、あるべきものがないが故に修行が疎かにならんともかぎりませぬ。やはり、煩悩を断つのはあるものあってのことと思うのも、しばしばでございました」

「女も同じにございます。煩悩あってこその念仏にございます」

唯念が、深くうなずく。それを見つめる妙善尼も、二度三度と首を前後していた。

「これからも、専修念仏にございます」

と言う唯念の言葉に、尼は目を細めて言った。慈愛に満ちた観音仏の顔であった。

「唯念さまは、霊峰より東の方に有縁の地があります。そこで心行くまで念仏なれませ」

「なぜに、東にございますか?私は、西方こそ仏土と心に念じてまいりましたが・・・・」

尼は深くうなずいたあと、さらに続ける。

「霊峰より東方の地こそは、翻《ひるがえ》れば西方十万億彼方《かなた》の極楽浄土への出立地にございましょう。彼の地は、宝永の富士の山焼けにより、火石が飛び厚く積もったと聞きおよびます。まことの浄土となっている由にございます。それこそ、唯念さまの専修念仏の地にございましょう」

（三）

「まこと、極楽浄土にてお会いするのを楽しみにしていますぞえ」

そう言うと、妙善尼は何ごともなかったように合掌し軽く頭を下げて、御正体山《みしようたいやま》への細道を登って行った。

唯念は、さまざまな想いが重なるこの地を去りがたかった。その反面では、目前の現世のしがらみや煩悩を断つも修行と思い、ただひたすら念仏に没頭していた。

そのような折に、かつて下総行徳村の徳願寺で弁瑞上人の兄弟子であった唯願が訪ねてきた。

「やはり、縁があったのう」

「よくぞ、ここが分かりがしたな？」

「弁瑞和上が蝦夷《えぞ》から戻った折『唯念は西方に向かった。各地の霊所で修行している』と聞いた。もしやと思って村人に訊ねたところ、ここと分かった。御仏《みほとけ》の引き合わせじゃな」

「ここは、念仏行頑固なる行者が籠《こも》った霊山《りようぜん》でござる。御身《おんみ》も、ここに籠山《ろうざん》されるか？」

「実はわしも、駿河国《するがのくに》（静岡県）の上野村奥の沢で三年ほど籠山しておったが、都合により信州へ帰ることになった」

「また、新たな霊所にでも籠《こも》りますかな?」

「なかなかそうは参らぬ。寺の跡を継ぐことになった。同じ浄土宗だ。お前には、あの地に籠って開山してもらいたいと思ってな。霊峰を間近に、念仏行には恰好《かっこう》の場所だ。お前をおいて、これを託する人がいないのでよろしく頼む」

と言う。唯念は、妙善尼の話を思い出していた。

「あの方面は、宝永噴火の富士の火石が飛んだ跡で、殊の外の浄土と聞いている。いずれは籠山《ろうざん》したいと思っていがした。さっそくにも参りましょう」

「それはありがたい。奥の沢は、霊水の滝が懸かり誠にもって浄土だ。そこへは、これより山中湖のほとりの平野村に行き、国境いの明神峠に出るのが早道だ。峠を越えたすぐ下が上野村で、殊の外信心深い人々が待っている」

「富士の山焼けで、火石に埋もれたということでは、村人の生活《たつき》も成り立ちませぬでしように・・・・」

「確かに、砂除けは辛酸《しんさん》を極めたよしだ。百年もの間、念仏を称えて復旧にいそしんだおかげで、今はようやく元に戻ったようだ」

唯願は、跡が決まり村人との約束が果たせたことで、安堵して信州へ帰って行った。

明神峠を越えて、萱《かや》草の厚く茂った山腹を下ると、谷間の台地に小ぢんまりとした集落があった。唯願が言った上野村に違いない。そして右手西方には、妙善尼の言葉通りに、真白き冠雪の富士山が控えていた。しかも、赤く焼けてこぶ状に突き出た異形《いぎよう》の宝永山が、ぱっくりと口を開けた噴火口を擁している。

――あれより火石がこの地に飛来したか。まさに浄土への入り口じゃな。富士山東方のこの地こそ念仏行にはまたとない籠り場だ。

村外れに着いて振り返ると、明神峠下の左側から、さっき降りてきた萱野の裾広い尾根が迫っている。義賢上人が言ったように、北山のもう一つの尾根に左合わせになっていた。

道端で遊んでいた子供に聞くと、畑から父親を引っ張って来て教えてくれる。

「みんな北山だあけんど、あっちの萱野原《かやのつぱら》は三国山で、こっちの林の山は湯船山だあずら」

この奥こそ、唯願が籠った霊所に違いないと思って沢を遡《さかのぼ》ることにする。二つの山の合わせ目には鮮烈な沢水が流れていて、いかにも霊気が漂う感じである。清水で口を漱いで念仏を称える。その声に誘われたように、粗朶《そだ》を担いだ村人が沢沿いを降りてきた。

「ここが、上野村の奥の沢でごぜえすかな?」

「うんだあよう。須川が枝分かれした沢だあ。和上《おつ》つあんも、こけえ突っ入《ぴやあ》るのきゃあ。

もし、そんだったらこのもっと先い行けば、奥行場《おくぎょうば》つうとこがあるぜえ」

念仏が聞こえたのであろう。当たり前のようにして教えてくれる。

小一里（約三キロメートル）ほど遡《さかのぼ》ると、三丈（十メートル）ほどの滝となっている。滝垢離《たきごり》の行者姿が髣髴《ほうふつ》とし、落水の響きには今も行者の念仏の声が残っているかのようであった。

滝を廻り込んでさらに遡り二、三丁ほど行くと、いくつもの巨岩がせめぎ合うようになる。その一隅の石棚には、何時の時代に誰が彫ったものなか、仏像が置かれている。手を合わせた御姿《おすがた》は阿弥陀仏であろうか。

狭いながらも石畳の平場は、いかにも修行の跡である。ここが奥行場であろう。唯念は、滝の畔に唯願が残した草庵に籠《こも》ることにした。文政十三年（一八三〇）の四月、四十歳のときであった。

彼は、ここに籠って念仏と修験道の修行をするかたわら、ときには上野村など御厨郷《みくりやごう》（現御殿場市と小山町など）の里に出て門づけや辻立ちをして、念仏伝道にいそしんでいた。

御厨郷では富士山に最も近い須走村を訪れたときのことである。

富士山の登山道にでもつながるのか、麓《ふもと》に深く山道が入り込んでいる。その道を登り、霊峰に少しでも近づいてみようとした。奥まったところに、四、五十戸のひっそりとした村があった。山に掛かっているために、田畑も見当たらない。そのたたずまいに似つかわしくなく大きな神社がある。社務所に神主を訪ねて聞いてみた。

「鳥居に浅間神社とありがすが、いかなる云われの社《やしろ》でごぜえすか？」

「ここは、東口本宮の富士浅間神社でごぜえす。延暦二十一年（八〇二）に富士山がこっち側に噴火し、その後山を鎮めるために大同二年（八〇七）に創建されがした。火の神でもあらせられる木花開耶姫命《このはなさくやひめのみこと》が主神でござんすな」

「宿坊には修験者がおるように見えがしたが、修験道でござるか？」

「修験道の霊場ではござらぬ。富士山そのものが御神体でござんして、霊場となっていがす。古くは、行者《ぎょうじゃ》がこの奥にあるお胎内などと同じ風穴の人穴なんかに籠って修行したと言うことでござんすがな。今ここにいる行者は御師《おし》と呼ばれていがして、自らも登山修行するかたわら富士講の世話や信仰の伝道を受け持っていがす」

「そう言えば、お山の頂上におりましたな。あの人たちがそうでしたか。ところで、そのお胎内や人穴では、どんな修行がなされたのでごぜえすか？」

「三代将軍家光公（一六四〇代）のころでござんすが、角行《かくぎょう》という行者が永引く戦乱の世を憂い、命がけの祈願をされたということです。その遺訓を教義にして、江戸時代に富士講が盛んとなったのでごぜえす」

「命がけでござるか。いかなる修行でござんしょう?」

「伝えるところによりまするると、天下泰平のために人穴という風穴に籠《こも》って百日百夜の食断ち、七日の不眠、四寸五分(一五センチメートル)の四方角の上に爪立ちをするなどして、修行したそうですな。そのために、角行《かくぎょう》と名乗ったということで・・・。その角行行者は、万民のためにわが身を犠牲にし、浅間大菩薩の庇護を祈願したということでござんす」

唯念は、その話に蝦夷《えぞ》地の観音島で生死の境を彷徨《さまよ》った木食《もくじき》念仏行の思い出が重なる。

――しかし、あれはアイヌの人たちに仏教を伝えるということでは万民のためではあったが、十穀断ちの木食行は即身仏を目指して生死を賭けたものではなかった。

「それは至難の苦行でござるのう。今その風穴で修行することは叶いますかな?」

神主は、不思議なものを見るような顔で唯念を見つめたが、すぐに手を振る。

「今どきでは、あそこで修行する人も、また命がけで祈願する人もおりがしねえ」

――神主の答えはどうあれ、いずれ富士山の風穴で仏道を極めるために修行したいものだ。風穴こそは、霊峰浄土への入り口に違いない。まさに即身仏の行が叶う。

などと唯念はしきりに考える。神主は、そのただならぬ顔を見ると、眉を寄せて言う。

「享保十八年（一七三三）と言いますから徳川吉宗公の時代になっていがすな。そのころ木食行身禄《みろく》という行者は、かねて角行の遺徳に心酔していがしたが、浅間大菩薩の霊夢に感じて六十三歳のときに入定《にゆうじよう》を決行していがすな。白装束に五寸歯の足駄でお山に登り、烏帽子岩にて断食に入り一月後に臨終を迎えていがす。昔の人は、万人のために命を捨てて祈願したのでごぜえすなあ。まっ、今の御時世では、そのような苦行することはありませんな。そりゃあ、世の中は少《ちい》ったあ乱れもしていがすが、戦乱は久しく収まって世は安泰でござんすからな」

唯念はその話を聞くと、

――甲州の鹿留山《ししどめさん》で入定した妙心行者は、御本人が仏道を極めるための決死行だった。角行行者や身禄行者は、天下泰平のために入定したという。万人のために生きて救済の手を差し伸べずに、なぜ死を賭すのか。それが仏道を極めることになるのか？

湧き上がる疑念に苛《さいな》まれる。日頃念じている即身仏の境地とは違うように思えてならないのだ。逆にその疑念を打ち消すように、胸の奥底に秘めている決意を掻き起こしていた。

――仏道を極めるために、やがては霊峰の何処《いずく》かで入定《にゅうじょう》を果たす。

唯念は左合わせの谷の奥の沢に籠《こも》り、修験道と念仏行の修行を三年ほど続けていた。沢は西南に面しているから日の出が遅い。彼は、日の出前に空が明るくなると修験道の山林走破に入る。たいていは明神峠までの往復であった。その後は、巨石を相手に修羅界《しゅらかい》の一人相撲に汗を流す。沐浴《もくよく》のあとは、念仏を称えながらの木食行《もくじきぎょう》の五穀断ちの朝食で、そのころようやく太陽が拝めるようになる。それからは、ほとんど一日中の念仏行となる。

時折は村人に頼まれて厄払いや祈願、あるいは気の向くままに門立ちに出る。その帰りに庵《いおり》へ向かうと、否が応でも奥の沢の山間《やまあい》が目の前に迫る。三国山の萱野原が湯船山の樹林の山懐《ふところ》の外側に覆い被さる姿は、いつ見ても修験道と仏道の命題となって迫って来る。

――うむっ、この景観・・・・。おおっ、そうか。三国山が修験道で湯船山が念仏行か。その双方が身を寄せる北山の山体を仏身に例えると、三国山の修験道は仏身の右側を覆い、左側の湯船山の念仏行は懐深く仏身に直接触れている。そして、仏身を覆う左側の念仏行は、右側から修験道で左合わせに護られている。

そう考えると、出羽三山での修験道の修行がまざまざとよみがえる。

出羽権現の尊師の説法であった。

「護身法を極めよ。印明に従い諸仏・諸菩薩・万《よろず》の神々を勧請《かんじょう》して供養し、行者自身を荘《しょう》厳《ごん》するのじゃ」

護身法の極意は導師の額禅が口伝する。

「この護身法は、武術のいわゆる護身術とは異なる。行者自身の神仏の信心を高め身に着ける五か行の修法であり、それらを修めることを荘厳すると言う」

「五か行とは？」

「各行のそれぞれについて、印明《いんみょう》と呼ぶ九字の秘法の掌を組み合わす印形と梵字の御真言が決まっている。第一の浄三業《きよしさんごう》の御真言は『オン　ソババ　シュダ　サルバダルマ　ソバハバ　シュド　カン』じゃ。梵語を読む貴僧には、よく分かるであろうが・・・」

「梵語は高尾山で仏書の解読をしていたので読むことはできる。しかし、五か行は初めて耳にする言葉だ。簡単に荘厳できるものではないのう」

「この言葉は修験道独特のもので、仏書でも余り見かけぬ。よくよく吟味せよ」

そんなやり取りがあったことを、唯念は思い出して、改めて護身法を噛みしめていた。

――浄三業は、あらゆる現象も行者自身も空で清浄だと観ずる。仏部三昧耶《ぶつぶさまや》の御真言は、オン　タタギャド　ドハバヤ　ソワカで行者の身口意の三業のはたらきを浄化し仏の加持を得る。蓮華部三昧耶《れんげぶさまや》は、オン　ハドマ　ドハバヤ　ソワカで、行者の心の意のはたらき行者の口のはたらきの言葉を浄化し諸尊の加持を得る。金剛部三昧耶は、オン　バシロ　ドハバヤ　ソワカで、行者の心の意のはたらきを浄化し諸尊の加持を得る。被甲《ひこう》護身は、オン　バサラギニ　ハラチハタヤ　ソワカで如来の大いなる慈悲の甲冑によって行者の身が護られ利他行を行えるよう加持をうる。（註）加持とは、仏陀の加護と保持を得ることを言う。

唯念は、独り笑みを漏らしハタと膝を打つ。

――これらの修法はいずれも厳しい修行によってわが身を浄化し、諸尊の加持を得ることができるというものだった。修験道は、仏身に直接接している念仏行を左合わせに覆っている。これこそ修験道の護身法の極意か・・・・。これにより即身即身の行とされる修験道は、即身仏を志す念仏行者に諸尊の加持を伝える。そうか・・・、そのとおりだ。かくして、念仏行者は修験道を合わせ修行することによって仏作仏行を成し遂げて仏道を極めることができる。義賢上人の言う『左合わせの山間《やまあい》』の教えはここにある。

そう思い至ると、唯念はようやくにして修験と念仏の位相（違い）が解け、悟りの境地に到達している。

（四）

富士山麓の高冷地の御厨では、夏が遅い。その上に、ここのところ凶作続きであった。天保四年（一八三三）の年も五月ともなれば、いつものようにまた農時期を迎えていた。水の温むのが遅れていたが、気忙しく田植えの盛りに入っていた。百姓衆は育ちの悪い小さな苗を祈るような気持ちで植え、今年の田作に掛っている。

上野村の組頭を務めている太郎左衛門一家も、総出だった。通りすがりの唯念を見ると、太郎左衛門夫婦が腰を伸ばし合掌して見送る。田植えに先立って、先日は豊作を祈願してもらっていた。子供たちまでが真剣な顔をして手を合わせている。

あやい笠を被り右手に金剛杖《こんごうじょう》を持った唯念が、念仏を称えながら挨拶代わりに片手拝みにして通り過ぎる。

唯念が、ふと思い出したように足を止めて戻って来る。

「これから、また富士山に登るからのう」

「まだ、修行すんのきゃ。ご苦労なことでござんすなあ」

「皆も念仏称えて、精出して働いてくだせえよ。今年こそは仏さんが豊作にしてくれるぞ」

彼は意識して『ずうっと山に籠《こも》る』とは言わなかった。口に出さなかったが、彼の胸中深くには最後の修行になることが秘められている。

これまでも、念仏行を始めるときには、いつも生死を超越して念仏三昧に仏道を極めて見仏の境地に到達することを念じていた。この度はいつもと違って、いよいよ修行も最後の仕上げで自らが仏になる即身仏の決心が固まっていた。

――仏道を極めるには、妙心行者のように念仏行をやり遂げて入定《にゅうじょう》することだ。念仏を称えながら断食をして命を仏に捧げ仏道を極める。そして仏になるのだ。

これまで、彼は毎年夏になると富士山に登って念仏行を続けていた。その修行を続ける中で『最後には霊峰に籠山《ろうざん》し入定する』という考えが固まってきていたのである。

噴火口を望む奥の院は最高の霊所であったが、籠《こも》るには夏場の二、三か月が限度である。それ以外の季節は酷寒となり、人が住めるものではない。

唯念は秋から春にかけては、一旦奥の沢に戻る。夏が近づき雪が解けだすと、待っていたように山腹の霊所を訪れてそこに籠り始める。やがて山が開けると頂上の奥の院に移る。ひたすら念仏行に勤《いそ》しんでいるが、ときには宝永山の高さ付近の山腹を巡《めぐ》る中道廻りを、修験道の山林走破を兼ねて巡拝する。

中道廻りの須走口の山腹辺りにはお胎内という風穴が各所にある。また、古御嶽《こみたけ》神社などのような祠《ほこら》も多い。富士講などの信者を始め、一般の登山者の参拝所にもなっている。吉田口七合五勺には釈迦割石《しやかわりいし》や烏帽子岩《えぼしいわ》があり、その昔身禄《みろく》行者が入定した霊所である。唯念が山林走破の途中で探し当てると、岩の影に小さな祠があり、烏帽子神社と書いた額板が取りつけてあった。しばし念仏し菩提《ぼだい》を弔《とむら》う。

念仏を終えると、やはり身禄行者がどのように入定して仏道を極めたかを詳しく知っておきたかった。吉田口に降りて村人に聞くと

「身禄さまんことじゃあ、小泉さんのとこ行っちみんと・・・・」

と言って、先だって案内してくれる。

小泉家は長く名主を務める素封家で、先祖文六郎の覚書が残っていた。

『身禄行者は、十七歳にして月行上人の教えを受け富士信仰の念頓に強く、金銀財宝は尊いものにあらず、人として一番大切なるは真心なりと言えり。自分は信仰の力で衆生を済《さい》度《ど》しなければならないと考えて、それまでに築いた薬種問屋の資産を人々に分け与え、人の道を説く生涯に入った。さらに、身禄は六十八歳で富士山にて入定する決心を固めていた。その後霊感があって、五年早めて享保十八年（一七三三）六十三歳に決行せり』

そのときの支度書《したくがき》も残っていた。

『入定《にゅうじょう》についての諸事御支度』

『白の晒《さら》し木綿綿入れ二枚、白袴一枚、三尺四方の白の晒し木綿布団一枚、足駄一足、これは入定登山に用い、人の心仏を足駄の歯に千人詰めて釈迦割石に上がるためである。

その他、小硯・筆・懐紙・灯油・火打ち箱を用意せり。

この支度を、吉田口田辺十郎右衛門に頼み『三十一日の内に仙元（浅間）大菩薩の許に行く。わが結末を一巻に綴り信者に伝え、衆生を救え』と言い残して六月十三日に断食に入り、七月十三日に臨終せり』

唯念は、以前に浅間神社の神主から身禄《みろく》行者のことを聞いたことがあった。ここに来て、この資料を見ると、以前から気に掛かったことが再びよみがえってくる。

——これまでわしは、覚悟の断食をして入定するのは、その人一人の仏道を極めるためと思っていた。わし自身も、いよいよあの妙心行者のように入定して仏道を極めたいとの思いが固まっている。しかし、それは世の中の人々に公開して行うようなものではない。仏道を極めて、いつしか仏になることであった。それは、他人を煩わすことなく一人どこかに籠山《ろうざん》して成し遂げるものだ。

そのような考えからすると、行者自らの即身仏を期するだけでなく衆生を救うために、しかも予《あらかじ》め人に知らせて入定するようなことはありえなかった。

――身禄行者の、世の中の人々をわが身の死を以て救うという入定の決意は、別な仏道を見るように思える。これが仏道を極めるということだったのか。これこそが釈尊のような偉大な仏道なのか。われ自身のこれまでの修行では、まだその悟りを得ていない。何はさておいても、その答えを出さなければならない。

仏道と修験道をどう合わせて修行するかについては、ほぼこれまでに答えを得ていた。左合わせの山間《やまあい》の奥の沢に籠《こも》ることで、その答えはいよいよはっきりしていた。もうこのことについて思い悩むことはなかった。

今、修行の大詰を迎えようというときに、身禄行者の入定の悟りとその教えは、これまで考えたこともなかったことであった。唯念は、その命題を解くために必死だった。

そんなとき、やはり思い浮かぶのは、かつての師とも仰ぐ義賢上人のことである。

――二十年前の文化七年（一八一〇）に、妙心行者は御正体山《みしょうたいやま》の庵で入定を果たして仏道を極めている。義賢上人自身もその境地に達し、富士の霊所のどこかで籠山して即身仏の途についたはずだ。果たして上人は、衆生の済度救済までをも考えたのであろうか・・・・。

つれて、富士山の霊場で入定《にゅうじょう》した人たちのことが思い浮かび、ますます苦悩を深める。

――今から二百年ほど前の正保三年（一六四六）に、角行《かくぎょう》行者は富士山信仰の霊感により、人穴で入定したと言う。続いて百年後の享保十八年（一七三三）年に角行の教えを信奉する身祿《みろく》行者は富士山の釈迦割石にて入定した。あの人たちは、仏道を極め衆生を済度救済している。そしてまた百年後の今、わしはそのときを迎えている。籠山の場所を決め、心行くまで最後の念仏行をして即身仏を目指す。果たしてそれは衆生の済度救済となるのか・・・・。


先人の余りにも偉大な足跡を思うと　唯念の中道廻りの足はいつになく重かった。

彼は、宝永山を廻って大沢崩れにかかり絶壁の断崖を望むと、ふと壮絶な入定を果たした角行行者のことが頭を過る。彼は人穴に行かなければならないことに気づいた。

大崩れ沿いを下ると、駿河国《するがのくに》（静岡県）富士郡の人穴村に行き着く。

人穴の入り口には浅間神社があり、その脇に角行行者をはじめ数人の道者の墓碑が立ち並んでいる。衆生を済度救済した人々の霊かと思うと、唯念の足は釘付けになっていた。

やがて、思い出したように念仏を称えながら境内に歩を進める。神社には人影もなく、人穴は柵で閉じられていた。何やら立て札があり、近づいて見ると『無断入窟《くつ》を禁ず』となっている。

村に降りて訊ねると、名主の赤池家が管理しているという。

唯念が名主宅で案内を乞うと、老人が出てきて善左衛門と名乗って、応対してくれる。

「御厨郷上野村に住まいする念仏行者唯念と申す。近年、富士山の霊所にて修行中の身でござる。御地の角行行者修行の人穴を、ぜひ参拝いたしたくお許しを願いたい」

「今じゃあ、寺社奉行のお達しで、人穴に入ることたあできがしねぇ」

「それはまた、どういうことでござんすか？」

「富士講に不穏な動きがあるってんで、ここの人穴にまでお上が目を光らせているだあ。何ん言《せぇ》ったって、人穴は富士講じゃあ、西の浄土で奥宮だからのう」

できれば、ここに籠《こも》ることも考えていた唯念としては聞かずにおれない。

「なぜ、万民のために天下泰平を祈願して御入定なすった角行行者ほどの仏を祀るのが不穏になるのでごぜえすか？」

「三十五、六年前になるが、享和二年（一八〇二）に禁止令が出たことがあるだ。そのときは、揃いの行者姿で病人の祈祷をして無体な銭金《ぜにかね》を取ったり、題目講や葬式に大勢で押しかけたりしたもんだで、不届き不穏の限りということで富士講が一時《いっとき》潰されただあよう」

「拙僧は、角行《かくぎょう》行者のご霊前にて念仏を尽くし菩提を弔いたいのでござる。何んとか、ぜひにも参拝をお許し願いたい」

唯念の真心をこめた熱心な懇願に、善左衛門も心が動かされたのであろう。

「分かりがした。これもご縁でござんしょう。ちょうど明日の六月三日は角行さまの御命日でごぜえす。内々でごぜえすが、人穴の中の御座所に供物を進ぜることにしていがすだ。よろしゅうござんす。ご一緒しなせえ」

その上に、一宿一飯をとすすめられたが、唯念はそれを丁重に断って、人穴入り口の墓碑前で念仏行を続けてその夜を過ごした。

人穴は、入り口からは下り坂になっている。松明《たいまつ》を持った若者の先導で降りて行くと、異様な鳴き声を上げて数え切れないほどの蝙蝠《こうもり》が飛び出して行く。

十間ほど（約二〇メートル）行くと、六、七間ほど四方が開けていて、その中に畳一畳ほどの広さに石を削ってできた籠《こも》り坐が二か所ある。

辺りの天上一面にはなおも蝙蝠がぶら下がっていて、時折目が光り悲哀のこもったような鳴き声が響く。陸奥国《むつのくに》（青森県）の恐山や他の風穴で修行を続けてきた唯念でさえも、ただならぬ不気味さであった。

その奥には、石造の大日如来が安置されている。それから先は水溜りで、真っ黒な水面に水がしたたり落ちていた。その音が壁に反響して異様に高く、冷気とともに霊気さえも漂う感じである。

角行行者は、よくぞこの中で修行を続けたものだと、その仏心の堅固さに頭が下がる思いであった。

若者が下げてきた包を開いて、坐石の上にまだ小さい人参と大根を葉つきのままで供え、玉蜀黍《とうもろこし》を一握りこぼして盛り上げる。角行行者の木食《もくじき》を倣《なら》っての供え物であろう。

名主が前に出て、型通りに柏手を打って参拝する。それが終わるのが待ち切れなかったように唯念が念仏を上げる。

供養を終えて人穴を出たところで、名主は若者を促して火打石を取り出して墓に線香を上げていた。

唯念ともども三人が念仏を称えてお参りを終えた。神仏の分け隔てもなく、いかにも浅間大菩薩を信仰した角行行者終焉《しゅうえん》の地に相応《ふさわ》しい参拝であった。

しかし、帰り道の唯念の足は相変わらず重かった。あの籠り坐で入定《にゅうじょう》を果たした角行行者の偉大さに頭が上がらなかった。

――目指すは同じ即身仏。しかるにあのお方の入定《にゅうじょう》は、富士講ほかの衆生を仏に帰依《きえ》させている。まさに、衆生を済度救済すべく天下泰平を祈願しての入定であった。最後の修行で、わしはそれを成し遂げることができるか？

唯念には、衆生を済度救済するにしても、天下泰平を祈願するにしても、ただひたすらの念仏しかなかった。大沢崩れを登りながら、息の続く限り称名の声を張り上げていた。なお、このころは幕府が天保の改革を推し進めていた時期で、取り締まりは庶民にまで及んでいた。神社仏閣や信教についても厳しい目が光っていたのである。

唯念の庵でさえも無断で建てておくわけにいかなくなっていた。天保五年（一八三四）には上野村組頭五郎左衛門らが、唯念の修行や雨除けの届け出をしているほどである。ちょうどこのころは、唯念が仏道を極めるために最後の修行に入る時期であった。そのため彼は、徳願寺の弟弟子の唯心を後継者として迎えていた。村では天保六年に、二人の千日間の修行逗留という形で藩に許可を求めている。

唯念の富士山奥の院を拠点とする修行は、四年目を過ぎて最終段階に入り天保八年（一八三七）もすでに中秋の季節を迎えていた。

（五）

十五夜の月が中天にかかっている。

その中をひっそりとやって来た唯念が、上野村組頭の五郎左衛門の家の軒先に立った。

雨戸を叩くと、五郎左衛門が褌《ふんどし》だけの下帯姿のままで顔をのぞかせる。

「何だずらあ」

と、目を擦る。もう眠りに就いていたのであろう。月影を透かし見て、唯念と分かるとあわてて合掌する。

「休んでいたところを済まんのう。実は少し頼みがあって山を下りて来た」

「まあ、まあ、そんなとけえ突っ立っていないで入《ひや》ってくらっしゃあ」

「外が明るい。ちょっとここへ来てくれ。この書付の物をなるべく近い内に届けてもらいたい。今は、太郎坊の二つ塚西側の砂沢《すなざわ》にあるお胎内に籠《こも》っているじゃがな」

五郎左衛門は月明かりに照らしてざっと目を通す。

「分かりがした。二、三日内にゃあ、若あ衆《わきゃし》に駄馬《だば》で曳背負《ひっちょ》って行かせがしょう」

「それじゃあ頼んだよ」

唯念は合掌して頭を下げると、その手を胸に立てたまま歩きだす。微かに念仏の声が流れる。

このとき彼は、五郎左衛門や奥の沢にいる唯心に、最後の念仏行になるかも知れないことを告げるべきだったかと頭を掠めた。

——最後の覚悟を知らさなければ、衆生を救う手立てがないではないか？

しかし、修行成ってその道を極めていないことを思うと、今あえて知らせることはないと考え直して、ひたすら念仏に没頭していた。

翌朝、五郎左衛門が紙片を確かめると、

——蕎麦粉《そばこ》一斗（一八リットル）、玉蜀黍《とうもろこし》同、黒豆半斗、人参、大根、山芋俵詰め一俵、塩少々、その他、筵《むしろ》、水甕《みずがめ》、皿、椀。

となっている。

これまでも、奥の沢の庵《いおり》に同じような物を届けていたが、いつもよりは量が多い。

——和尚《おっ》つあん、年越しの山籠りする気だな。それにしても、太郎坊っていうと深《ふき》ゃあ雪に埋まっちまうだあ。こりゃあ大変《てやあへん》だぞ。

と、顔を曇らせていた。

いつも唯念は銭金《ぜにかね》のことを口にすることはなかったが、辻立ちから帰るとお布施を頭陀《ずだ》

袋《ぶくろ》のまま置いて行く。それが幾つか貯まっていた。五郎左衛門がどうするのか聞くと
「食い物代なんかを取った他は、名号碑の費用にしなせえ」
と言っていたのだ。村では『南無阿弥陀仏』の碑文を唯念に書いてもらい、先祖の菩提供《ぼだいく》
養《よう》と無病息災・作物豊穣《ほうじょう》などを祈る碑石を建てる相談ごとができていた。
太郎坊のお胎内は、奥行きが十間（一八メートル）ほどの風穴で、天井はこごんで歩く
程度であった。少し下り坂だったが、中ほどに広場があり足を組んで座り込むには恰好《かっこう》の
場所であった。これまでも、何度かここに座って念仏行をしていた。
日が西に廻って暗くなった風穴に入り、手探りで溶岩の小さい出っ張りを探しあてる。
唯念は、早速に持ち歩いている円空の阿弥陀仏を据えて、手を合わせしばし念仏する。
これまでは夏場だけの籠山《ろうざん》であった。宝永山の噴火の余燼《ほとぼり》で岩窟《がんくつ》の岩肌は微かに温かく、
富士山中腹であっても雪の中で凍えてしまうことは全くなさそうである。
二、三日すると五郎左衛門の倅《せがれ》たちが、叺《かます》（筵《むしろ》でできた袋）二揃えと俵一俵に荷袋など
を駄馬に振り分けに背負わせてやって来た。
彼らは風穴にその荷を下ろすと
「こりゃあ気持ち良《い》い。和尚《おっ》つあん、良い所見《とこめ》っけたあにゃあ」

「ここで冬を越すずらけんど、念仏称《とにゃ》るだけじゃあ暇暮《ひまつくら》しだにゃあ」

などと言いながらも、阿弥陀仏に手を合わせ念仏する。連れも後ろから手を合わせている。

若者までが念仏に親しんでいることに、唯念は自らが救われる思いである。

――わしの入定《にゅうじょう》も、こうして念仏の功徳が衆生に行き渡るようになるか・・・・。

かねてからの念仏行の命題が解けたようにさえ思え、つくづくと彼らを見やる。

そのぎこちない合掌姿がいかにも微笑ましく、ついつい生覚えの御厨弁《みくりや》が飛び出す。

「お前達《まっち》のお蔭で、良い修行ができるずらよ。お前達も、暇さえありゃあ念仏を称あてろよ。良いことが一杯《いっぴゃあ》あるぞ」

唯念は、帰って行く若者たちを合掌して見送りながら
――これが最後に見ることとなる衆生か。息災で暮らせよ。

と、心を込めて祈るのであった。

彼は、その後雪が降るまでの秋の間中、若者たちが運んでくれた穀物などで五穀断ちの木食行《もくじきぎょう》を続けていた。そして、天気さえ良ければ中道廻りに出る。

朝夕に、見下ろす村々の小さな草葺《くさぶき》の屋根から、生活《たつき》の煙が細々と上がるのが見える。

――あそこに住む人々は、貧困のどん底に喘《あえ》いでいるやも知れず、塗炭の苦しみもあろ

う。わしがここで念仏を上げても、修験の印を切っても、それを救うことはできぬ。さりとて、わしが念仏行を極めて入定したとして、果たして衆生を救うことができるのか？　角行《かくぎょう》や身祿《みろく》といった行者の、いかにも偉大な存在が目の前に立ちはだかる。彼は、ただ一心不乱に念仏を称えるだけであった。

中道廻りでは、木の実が取れる。若者たちが置いて行った食い物の足しになる。山葡萄《やまぶどう》もあれば山栗《やまくり》やあけびもある。少し麓に足を延ばせば薬草も採れる。とくに、山椒《さんしょう》の実や千振《せんぶり》草などは、できる限りたくさん採って乾かしていた。

やはり思い出すのは、入定後に仏となって骸《むくろ》を残したという妙心行者のことであった。

――あれこそが、まさに即身仏。わしの最後もあのようになって仏道を極めるのだ。

万が一わが骸が残り、それを見た人々に些かなりとも仏心が伝わればよい。そうすれば、わしの入定も、衆生のために役立つかも知れぬ。

そう思うと、辛い山椒も苦い千振草も甘くさえ感ずる。

やがて、雪足は太郎坊を超えて、さらに下界に向かって足早に降りて行った。筵《むしろ》で囲った入り口は、風穴の中の暖気が抜けるところが自然に残って、その他の全面が氷雪で覆われてしまう。

天保九年（一八三八）に入っていた。唯念の記憶では、もう正月を過ぎていた。厳しい寒さも幾分弱まった感じで、大寒も明けたころと思われる。

いつものように念仏行に明けた朝を迎えていた。

突然に風穴内に光が差した。唯念の閉じた瞼《まぶた》に光がはじける。

「おおっ、極楽、釈尊の後光。まさに荘厳観見（仏や極楽を見る）」

仏道を極めたという喜びが体内を突き抜ける。彼は、必死になって念仏を続けた。やがて瞼に映る光が、行燈《あんどん》の灯が消えるように暗くなっていく。目を明け、光の後を追って息抜けの穴からのぞくと、うっすら紅がさした朝日が箱根山を離れていた。日の出がようやく東に廻り、息抜けの穴から朝日が射したことに気づいた。後光と思った光が朝日だったことに、腹の底から笑いが湧き起こる。腹を抱えて、思い切り笑い転げた。いつこんなに笑ったか覚えていないほどであった。

笑い終わると、急に太陽が恋しくなり、入り口に凍《い》てついた氷雪を押し砕いて外に出ようとした。修羅界《しゅらかい》で鍛えていたことが役立って、息抜けの穴の周りの氷がボコッと欠けて口が開いた。

雪原に這い出ると、太陽がまぶしく熱い感じでさえある。そこには、偽りのない生きている喜びがあった。彼は、雪の中を馬のように駆け回っていた。

やがて、雪の中にガバッとばかり倒れ込む。上向きになって太陽を見ていると、眩《くら》んだ目の前に釈尊の御姿《みすがた》が浮かぶ。はね起きて両手を雪に突き立て、五体投地の拝礼をする。そのあとからは合掌して念仏に入る。

いつしか釈尊の御姿は消えて、日が傾きかかっていた。

風穴内に戻ると、生命観が生き生きとして溢れてしまった感じで、念仏を続けてもなかなか無心になれず、仏道から遠のく感じさえする。そのような状態が何日か続いたが、食い物が乏しくなると、やがていつもの仏道に戻って行った。

ついには食い物もなくなり、ときおり甕《かめ》の水で口を潤すだけとなった。唇が微かに動き称名が続いていた。

自然に断食行に入って行った。数えてはいなかったが六、七日ほど経ったときである。

突然に風穴の中が明るくなった。瞑目《めいもく》の瞼《まぶた》に、白の浄衣が舞い込んできたように映る。

「おおっ、唯念さま、やはりここでございましたな」

その声は、まぎれもなく御正体山《みしょうたいやま》で別れたままの妙善尼である。唯念は
「妙善尼さまあっ」

と、声を上げて武者ぶりつく。尼は雪の中をやって来たのであろう、浄衣が凍《い》てついてしまっている。彼は必死に抱きすがる。

「早く、早く、さあ、温まりましょう」

「私は寒くありません。それより唯念さまこそお救いしなければ・・・・」

「何をおっしゃいます。私は、これこの通りここに籠《こも》って念仏行を続けております」

「もうお止めください。入定《にゅうじょう》は妙心さまで終わりになりました。釈尊さまのお言いつけで、念自仏（自らと仏が一緒になる念仏）で入定は許されません」

「それはござらぬでしょう。私はこれまで即身仏をめざして修行してきました。入定して成仏し、衆生を救わねばなりませぬ」

「釈尊さまは入定をお許しになりませぬ。唯念さまは、生きてあの人たちを救うのです」

「あの人たち・・・・」

見ると、いつ集まったのか、数限りないおびただしい人々が外を埋め尽くしている。

妙善尼は、身をひるがえして人の群れの中に入って行く。

「妙善さまあーっ」

唯念が抱きすがる。見上げたその人の顔は、なんと母親の伊登ではないか。妙善尼のことなど忘れてしまって、懐かしさが迸《ほとばし》る。

「お母《か》あどん、どぎゃんしたあ」

「兵馬、肥後じゃあ飢饉《ききん》ごたるこつで大変じゃあ。お前《はん》、あん人たち救わんと」

「お父どんば、どぎゃんしたあ？」

父の勘右衛門の顔が見えた。とっさに唯念が抱きつくと、ガッンと打ち当たってしまう。どれほど経ったか分からなかった。気づいてみれば、氷雪で凍りついた入り口の筵《むしろ》に抱きすがっていた。

唯念は、自分の頭を両方の握り拳で思い切り叩くと、這うようにして元の籠り座に戻った。無暗とくらくらする頭を圧し鎮めるように、必死になって念仏を続ける。

いつの間にか風の音も途絶え、静か過ぎるほどの静寂が返ってきて、その中に溶け込むような称名が続いていた。

やがて、それさえも消えて、完全に無の世界になっていた。
二、三日したとき、唯念はまたも人声を耳にした。
「唯念よ。眠ってはならぬ。眠っていては御仏《みほとけ》の下には行けぬ。起きて念仏せよ。自他倶念（自分も衆生も仏と一緒になる念仏）を極め、生き長らえて世の衆生に念仏を広めよ」

「和上っ。弁瑞さまあ。生きておいでしたか?お会いできて、うれしゅうございます」

彼が手を取ろうとすると、和上の姿はなかった。

『生きて念仏を広めよ。生きて念仏を広めよ。・・・・・・・・・・』

その声だけが、いつまでも響く。唯念はそれに応え、必死になって声を絞り念仏する。

どのくらい経ったのか分からなかったが、ようやく風穴内が静まったとき、また人声がする。それはまさしく、義賢上人の声であった。後光が眩《まぶ》しく姿はよく見えない。

「義賢さまあっ。よくぞお達者で・・・・」

「唯念よ。お前はわしとともに御仏《みほとけ》の下《もと》に来ている。あの角行《かくぎょう》行者も身禄《みろく》行者も一緒じゃ。天台に釈尊の御姿《おすがた》が見えるだろう。まさに見仏の境地に達した。お前は仏道を極めたのだ。入定《にゅうじょう》はここで終わる。お前は、ここより生き返って衆生を救わねばならぬ」

唯念は、必死になって目を凝らした。釈尊の姿が定かでない。

「義賢さまあ。まだ私は見仏の境地に達してはおりませぬ。念仏行を続けさせてください」

「さっ、これを口にせよ。そして生き返るのだ。生きて、生きて、生き抜いて、念仏を広め衆生を済度救済しなければならない。さあ、これを口にするのだ」

口の中が、何やら香《かぐわ》しい飲み物で満たされてくる。温かく甘い。

――これが釈尊の口にされた醍醐《だいご》（酪乳）というものか。そうだ、醍醐に違いない。ありがたや、甘露だ。ありがたや。ありがたや。

彼は、こみ上げる感涙とともに、ごくりと呑み込んだ。

「おうっ。飲んだぞう。少《ちい》っとらっつ飲ませろ」

上野村の組頭の五郎左衛門が、唯念を抱きかかえていた。若者が、竹筒から何やら飲み物を唯念の口に垂らし込んでいた。

五郎左衛門が、別の若者に向けて顎《あご》をしゃくる。

「お前あは、藁《わら》でも布《ぼろ》でも良《い》いから、見《め》っけてこい。体あ擦《さす》って温《ぬく》とめるるだあ」

その騒々しい声に、唯念は少し頭がはっきりしてきた。どうやら、誰かに抱かれて、醍醐を飲まされているのだ。

「ありがとうごぜえす。南無阿弥陀仏、南無阿弥陀仏、………………、………………」

「早《ひや》やあ大丈夫《でやあじょうぶ》だ。間に合ってよかったあ。和上《おっ》つあんも、頑張《がは》ったにやあ」

唯念は、はっとした。その声が組頭だと、ようやく分かった。手を合わせようとしたが、その手は二の腕が掴《つか》まれて布きれで擦すられている「ありがとうよ」とだけ言って、垂らし込まれた飲み物を静かに飲み込んでいた。

五郎左衛門は、冬が深まり寒さが増すと、唯念のことが心配で心配で仕方がなかった。大寒も明け少し暖気が戻って固雪《かたゆき》となると、居ても立ってもおれなくなって、若者二人と富士山五合目の太郎坊に登った。

固雪の斜面を登るのに、藁靴《わらぐつ》に鎖を巻いてきた。手に手に鳶《とび》（ピッケル）も持っていた。五郎左衛門は、唯念が食い物もなくなって餓死寸前であろうと思っていた。そのため、蜂蜜を水に溶きそれに唯念が好んで食っていた蕎麦粉《そばこ》を混ぜた飲み物を作った。それを竹筒に詰めて、懐で温めながら持ってきていた。唯念が醍醐《だいご》と思ったのはこれであった。

若者には、唯念を引き下ろすための藁布団《わらふとん》や筵《むしろ》を駄馬に積ませて麓まで持ってきた。それを彼らが担ぎ上げていた。

唯念は藁布団に包まれ、皆に抱き上げられて外に出た。それに筵を巻き藤蔓で結わえて、前後ろに若者が綱をつけて雪の上を引き下ろし始める。唯念はなるがままに任せ、自分は合掌してただひたすら念仏を称えていた。

第六章　自他倶念

（一）

唯念は、奥の沢に戻るとすぐに元気を取り戻して、いつものように五穀断ちの木食行《もくじきぎょう》に入り念仏三昧であった。『南無阿弥陀仏』六文字の称名念仏に変わりはなかったが、自分でも、これまでとは違う念じ方になっているのに気づいていた。

――世間の人に言わせれば、これが『悟りを開いた』ということであろうか。

彼の心の中からは、念仏行の最後に見仏の境地に到達し入定を果たす、即身仏への拘《こだわ》りがすっかり消えていた。

――お胎内で瞑想《めいそう》の中に見《まみ》えた妙善尼のお告げ、そして弁瑞和上と義賢上人のお導きは、単なる夢ではなかった。思い起こせば、それはかつて徳願寺で学んだ仏典にあった。頭の中に秘めたままだった。入定《にゅうじょう》を志し成仏寸前になって奇しくもそれが夢の中で蘇《よみがえ》った。

『念自仏』にしても『自他倶念』にしても、頭でしか理解していなかったことに気づく。

――これまではまさに『念自仏』であった。自らが仏道を極めて仏となることに命を賭《かけ》ていた。それが、あの日以来、目の前の雲が晴れたように『自他倶念』となっていた。

唯念は、自分と衆生《ひとびと》と仏が一緒であると悟ることができたのである。彼は、自身の仏道を極めることは、衆生とともに念仏することと肝に銘じ覚悟を新たにしていた。

そんなある日、唯念が念仏堂に籠《こも》っていると、いつになく外が騒がしい。

「聞いちゃあいたが、矢張《やっぱし》なあ、こんなボロっちいお寺だっただあ。大丈夫《でやあじょうぶ》かよう」

「お前達《まっち》は知らにゃあずらあ。ここの和尚《おっ》つあんは、富士山の太郎坊のお胎内の中で絶食して念仏し、命を仏さんに差し出《でや》あて悟りを開《ひのや》あた人だ。俺《うら》あらあ、死なしちゃあなんないって、雪の中あ助けに行ったあだ。それこさ、掛け甲斐《ぎやあ》のない大事《でやあじ》な和尚つあんだよう」

その声は、上野村の組頭五郎左衛門である。彼は隣近所に顔を出すようにして
「和尚つあん、いたあきゃあ」

と、声をかけて入り口の観音戸を開けた。唯念が念仏を止めて、合掌のまま振り向く。

「こんなに大勢で・・・。皆で念仏行でもする気になったかやあ?」

組頭の用件も聞かずに、唯念は腰を上げると入り口の上がり框《かまち》に立った。そして、人々に向かって合掌して念仏する。澄んだ声が、人々の心に沁み込んでいくようであった。

見上げる人たちは、いざなわれるようにして手を合わせ合称する。

しばらくして念仏が済むと、一人の老人が手を合わせたまま口を開いた。

「和尚つあんにお願《ねぎや》あがあって上がりがした。俺あは、馬頭観音つあんの万人講《まんにんこう》の世話役

で、竹之下村の孫兵衛でごぜあす。俺あら百姓は、みんなが馬を飼っているからにゃあ、御厨中大勢が寄って講中やってるだあよう」

唯念が座り込んで話し始める。

「おう、それはのう、馬だけでなく人も助けてくれる菩薩《ぼさつ》さまじゃ。六菩薩の一つでな、われわれ俗界の衆生《にんげん》の無知や煩悩《ぼんのう》を消してくれるし、諸悪を絶やす菩薩だ。昔、転輪聖王の神馬が、生死の世界を駆け回って四魔を征伐したという物語があって、魔除けの菩薩としても崇《あが》められている。また、その話から、馬を飼う農家の人たちが馬の菩提《ぼだい》を弔う菩薩としても崇めるようになったということった」

唯念は、近年その講中が盛んになってきていて、人が多く集まっているという話も耳にしていた。念仏を広めるには、またとない機会であった。

「お前達も分かっているように、講中で皆が熱心に念仏して観音さまをお祀りするだあな」

「うんだあなあ。それによう、こけえら辺はそうでなくっても不作な土地ずらあ。そけえもってきて、ちょくちょく食い物もなくなって飢饉《ききん》ちゅうことになるだあよう。今じゃあ小田原藩に圧《おしや》あられちまってるだあけんど、何時百姓一揆が起きてもおかしくないだぜ」

天保三年（一八三二）以来全国的な大飢饉が続き、百姓一揆が頻発した時代だった。

「あっちこっちで一揆が起きていたが、百姓衆も命がけじゃった。そんなことにならんように、皆で念仏して豊作や無事平穏を祈らにゃあいかんのう」

「実はそのことで相談があって、やって来たあだあよう。俺あら講中で、ここあ一つ厄除けの、ど大《でっ》きゃあ供養塔をおっ建てるべえってことになりがした。和尚《おっ》つあんに、ぜひその碑文を書《きゃ》あてもりゃあてゃあと思ってやって来がしたようなわけで・・・」

「おおっ、そりゃあ良いことじゃ。『南無阿弥陀仏』の他に、無事安穏を祈って天下和順や日月清明も書いておこう」

孫兵衛は、それを聞いてもなぜかまだ顔を曇らせている。

「それだけ書《きゃ》あてもらえば十分でござんすが、ただ、その碑は世間並の物《もん》でなくて、この世の中で一番大《でっ》きゃあ物にすべえと皆《みんな》で語《かた》ってるだあよう。うんだから、見《め》っけてある石あ、馬鹿大《みやば》かの物《もん》でにゃあだ」

「どのくれえの物か？」

「そうさな、高さは十三尺（四メートル弱）に幅が五尺（一・五メートル）もあるだあ。それこさ、足柄山の赤龍《しゃくりゅう》や金時も手えつけられなかった石だぜ」（グラビア参照）

「うむうっ、それは大《でか》い。大いのは良いことだ。なるべく沢山の人に御利益があるように、字も思いっ切り大く書こうぞ」

「ただ、困ったことに、こけえらにゃあ、台書きするそんな大い紙がないだよう。江戸か京に行かないとなんないずらあ。そんな手間暇《てまひま》も金もありゃあしないでよう」

「よしゃ。小さい紙で良い。皆で念仏称えながら丁寧に石に貼りつけたら良い。それが乾いたら、その上へ直かにわしが書こう。墨の二、三升（五リットルほど）も擦《す》っておけや」

唯念も、久しぶり衆生《ひとびと》の中に入り込んで念仏を広められることに、気合が入っている。

秋の穫り入れも終わり秋祭りまでの空いたその日、竹之下村で通称栗の木沢とよばれる足柄道脇の沢の川縁《かわべり》から念仏が響いていた。

「なんまいだー、なんまいだー、・・・・・、・・・・・、・・・・・」

村の女子供までが総出で、盥《たらい》を囲んでいた。

まくり上げた二の腕まで真っ黒にして、念仏を称えながら墨を擦っている。名主組頭などの村役で身上家《しんしょうや》と呼ばれている金持の家から、あるだけの硯と墨を出してもらって盥に墨汁《すみじる》を溜めていた。

碑石に貼った紙が、ほどよく乾いている。その脇では、唯念が一握りもの太さの大筆を右手にし、左は片手拝みで皆に合わせて念仏を称えていた。墨ができ上がるのを待っているのである。

擦り上がった墨汁《すみじる》の盥《たらい》が抱え込まれて、碑石の脇に据えられる。

唯念が浄衣の裾を絡《から》げ袖をたくし上げ、草鞋《わらじ》を脱いで碑石の上に上がる。筆を盥の墨汁に浸してしばらく和らげたあと「えいっ、やっ」と引き揚げる。

折り重なるようにして、村人が真剣な眼差しを注いでいた。

両足を踏ん張った唯念は、筆先から墨の滴るのも構わず、一気に最上端へ上弦の三日月を大きく跳ね返らせる。続いてその筆を真ん中に縦一文字に下ろす。筆を盥に戻して墨を含ませ穂先を揃えたあとでは、半月の下に大きく円を描く。直径二尺（六〇センチメートル）を超す。真ん中の縦一文字に横二の字を入れると南の字となる。

人々から「おう」とどよめきが起こる。唯念は、聞こえなかったように再び筆を構えた。

栗の実の形をした円から縦横に筆を走らせて無の字となる。今度は筆を入念に墨汁に浸して引き揚げると、太刀を撃ち刃《やいば》を返すように、一気呵成にどっとどっと書きなぐる。村人が「はっ」と気づくと、阿の字ができ上がっていた。

もうそれ以後は、神業のように唯念の体と筆が一体となって躍動し、巨大な文字が連なって行く。名号の脇には天下和順・日月清明それに馬頭観音万人講中が書き入れられる。

唯念の花押が記《しる》されて完成である。

あ然として見つめていた十重《とえ》二十重《はたえ》の人々は、花押を見てようやく碑文が完成したと分かると、全身を小躍りさせて絶叫する。

「できゃあたぞー、できゃあたぞー」

それが静まると、唯念は碑石を降りて皆の方を向く。念仏を称えながら人々を誘うようにして再び碑石に向き合う。しばらくは念仏の木霊《こだま》が栗の木沢に響いていた。

夕方までかかって、人々は碑石に小屋掛けして雨露を避けるようにしていた。

幾日もしない内に秋祭りそっち除けで、石屋の棟梁が弟子三人とともに鑿《のみ》を打ち始める。

「字の太さに合わせて深く彫れや。三寸（十センチメートル弱）で一升だあ」

棟梁が、筆勢に煽られたように気合を入れる。文字の長さ三寸のところに一升（一・八リットル）の米が入るほどの深さに掘れと指図しているのだ。

こうしてでき上がった碑文の溝には、無事の完成を祝い碑面まで実際に米を入れて均す。何とその量は前代未聞の米一俵半（一〇〇リットル余り）で、一文字当たり一斗（一八リットル）も入るほどであった。その米は、石工たちへの祝儀代わりとなる。

碑石の建立は、田植え前には終わらせなければならない。

通常、碑の土台は、有難味《ありがたみ》を増すために思い切り高くする。しかし、この碑石は余りにも大《でか》く、土台石を高くすると石立てが大ごとになる。そのため、一段の平土台にしていた。

いよいよ、石立てが始まっていた。

火の見櫓《やぐら》ほどの杉の生丸太三本を、土台の回りに三脚に組んで立てる。その交わりに滑車を括りつけて、碑石側の滑車との合わせ曳きをする。二つの滑車で力を半減させるのだ。

棟梁の「そおーら」の掛け声で、百人余りの人が「なあーんまいだあ」と、一斉に曳く。

碑石が吊り上がったと見えた瞬間「バシッ」と異様な音が響く。曳綱が切れて宙に舞う。

「ドッシーン」と碑石が地面に落ちる。音頭を取っていた棟梁に碑石が倒れかかる。

「危にゃあ」

とっさに石工の一人が身を挺して棟梁を跳ね飛ばす。間一髪棟梁は助かったが、木枠に入ったままの『南無阿弥陀仏』を彫《ほ》り込んだ巨石の名号碑は、地面に横たわってしまった。

震える手で切れた綱の端を掴み、それを振りながら棟梁が大きく顔をしかめて言う。

「対車架《ついしゃが》けでも無理だったずら。なんたって四千貫（一五トン）余もあるだあ」

世話人の孫兵衛が、木枠の碑石を見ながら言った。

「こりゃあ、和尚《おっ》つあん呼ばあって、お祈りしてもらうべえよう」

早速に若い衆を馬で走らせて、唯念を乗せてくる。

「これは容易でないのう。滑車架けでも一本綱だから、荷が懸《か》かり過ぎる。綱を増やして大勢で曳くしかないな」

「そんなに沢山《たんと》の滑車がありがしねえ」

「どこぞで、見たことがある。土で山を築いてそこに立て掛けるようにして曳く。それから曳き起こすのだ」

それっとばかりに、土台石の回りから後ろの山斜面に掛けて、盛り土を始める。箕《み》で運ぶ者、袋に入れて担ぐ者、もっこを担ぐ者、そのうちには馬に土橇《どそり》を曳かせる者もいたりして、三日ほどで盛り土の山が築き上がった。

長い曳綱も十本ほど用意されて、碑石の木枠に取り付けられる。木枠は太い青竹を敷き並べた上に乗せられて滑るようにしてあり、盛り土の斜面を綱で引き上げる。だんだん斜面に倣《なら》って立ち上がり、土台のところで挽き下ろして据え付ける。

綱には女子供まで幾十人もが掛かって声を合わせて曳く。

「そおーれ、なあーんまいだ。なあーんまいだ、そおーれ、…………、…………、…………」

と、調子をつけていた。唯念も、声をあげて称名する。

とうとう、碑石が土台の上まで来た。挽き下ろし立ち上げるのには、滑車架けで十分である。そろりそろりと、下ろして土台に落とし込む。

人々は、ようやくにして立ち上がった碑石の「南無阿弥陀仏」の巨大な文字を見上げて、思わず手を合わせる。やがて一斉に念仏の合称になる。

誰もが、今年こそは豊作となり、無事に毎日が過ごせることを心から信じて祈っている。唯念も、この多くの人々の願いや仏心をしっかりと受け止めて、称名の声を張り上げていた。まさに自他倶念の念仏が、この時とばかりに続いていた。

この碑の建立は天保十年（一八三九）で、唯念四十九歳のときであった。

（二）

唯念は念仏を広めることに、これまでよりもなお一層励むようになった。村々を廻って辻立ちをし、あるいは家々を訪れて念仏の功徳を説き、衆生《ひとびと》の済度救済を心掛けている。行脚《あんぎゃ》は、御厨《みくりや》（御殿場市と小山町）はもちろんのこと、駿河国《するがのくに》（静岡県東部）から伊豆国、さらには相模国《さがみのくに》（神奈川県）や甲斐国《かいのくに》（山梨県）に及ぶ。

行った先で病人がいれば三脈をとり薬法を施し、乞われれば諸々の祈願や祈祷など親身になって手を尽くしている。

村人の願いごとは、家内安全や身体護持・安産、それに五穀豊穣などといった平穏を祈るものから、病気平癒・天災の水難除け・火難除け、盗難除けといった厄除けにおよぶ。そして、その祈願は念仏であったり修験の念力であったり、また求めに応じてお札《ふだ》や書画のほか名号碑の揮毫《きごう》なども数多い。書画の類は数知れず、名号碑は千基に及ぶ。

衆生を救う一心であるから、お布施など気にもしていない。貰った銭は、たいていは困窮者に与えてしまう。ときたま重くなった銭は頭陀袋のまま、供養塔の建立に使うように置いてくる。そうでなくとも袋が重くなると、相手構わず預けてくる。その銭を届けに来たのは、相模国の山北村の峯の人だけであったことが世間話になっているほどであった。

とくに書や碑文の厄除けの功徳は、多くの人の信仰を集めるようになっている。何回も大きな火事に遭《あ》い困っている人に頼まれ、龍の字を書いて渡したところ火災が起こらなくなり『火伏龍《ひぶせ》』として伝えられるようになった。（裏見返し参照）

安政五年（一八五八年代）が終わりかけたころのことである。用沢村の村役治良右衛門が近隣の村役たちを引き連れ、血相を変えて唯念寺にやって来た。

「和尚《おつ》つあん。助けてくらっしゃあ。コロリ病（コレラ）が新橋《にいはし》村を超えて北方《きたかた》のこっちでも、おっ始まってるだあ。何とかしてくらっしゃあよう」

「よし、それじゃあ、厄除けを書いてやるから碑をおっ建てろ。皆で念仏を称えろや。病人が出たらわしが看てやるから呼びに来なせえ」

彼は『南無阿弥陀仏』の名号に厄災不起を書いて渡した。そして、病人には薬法を施し、病魔退散の九字の秘法の印を切って厄払いをした。その後、コロリは下火になっていった。

その噂が広まると、続いて唯念は駿河国《するがのくに》の原宿から頼まれて、厄病除けの祈祷に出かけた。ここには、その昔沢庵禅師が座禅を組んだという古刹の松蔭寺がある。

彼は、帰り道の通り掛かったついでに参禅し、念仏を終えて門前から東海道に出ようとした。

街道に出て、沼津宿に向かおうとすると、松並木の中を一団の人たちが土煙を上げて走って来る。何百人という数である。廻りの旅人を蹴散らす勢いであった。

唯念が松の根元に寄って見ていると、綾《あや》の襷《たすき》掛けに尻まくりした一本差しの博徒《ばくと》の群れである。竹槍や鎌を打ち振ったり、ピキピカ光る抜き身の刀を担いでいる者もいる有様で、喧嘩出入《けんかでい》りが始まったに違いない。それらが、あっと言う間に松蔭寺になだれ込んで行く。

寺を相手の出入りとは捨て置けない。無駄な争いで人命に関わるようなことがあってはならないと思い、唯念は急ぎ足で境内に戻った。

ところが彼らは、境内の湧水に頭を突っ込んで、うはうは言って喉《のど》を潤している。その中にあって、ことさら派手な衣装を纏《まと》い身の丈六尺（一・八メートル）を超すほどの図体が大きく、右目斜視の異相の男が何やら指図している。

唯念は、その男目掛けて印を結んだ。修験道九字の秘法の前《ぜん》の隠形印《おんぎょういん》で左の握りこぶしに右手を被せる。それを大男の方に向けて、縦横十字から斜掛けに切り交えて打ち振り、印を結ぶ。印の感応を受けて男は何が起こったかも分からず、言葉を詰まらせて目をきょときょとさせている。

唯念は、それを見届けるとつかつかとその男の前に行った。

「お前が親分か？」

彼は赤ら顔をさらに赤黒く染めて、何か口にしようとするが言葉が出てこない。完全に印の秘法に罹かってしまっている。親分がもたついているのを見かねた子分の一人が、しゃしゃり出る。

「何だ。この糞坊主。邪魔立てすると、素っ首をたたっ切るぞ」

と、目を剥《む》く。唯念は平然として言った。

「坊主を殺《あや》めると、地獄に落ちるぞ。じゃが、わしの首で人の命が助かるなら呉れてやってもよい。その前に、この騒ぎは何ごとか聞かせよ」

唯念の物怖じしない悠々たる態度に、子分は親分の顔色を窺《うかが》う。親分は「うん」「うん」とうなずくだけである。親分も頭の上がらない、どこかの高僧でもあろうかと考えたのであろう。子分が少し言葉を和らげる。

「わいらあ、この大場《だいば》の久八親分の同門で江戸屋親分の一の舎弟《しやてい》久六兄いの敵討ちにいくだ。ここで墓参りして清水の次郎長一家に殴り込みを掛ける。あ奴《いつ》らあ叩きつぶすだあ」

「よし、わしも坊主の端くれだ。念仏の一つも上げて、一緒にお墓詣りしてやろう」

唯念は返事も聞かず寺の裏の墓地に向かう。親分の久八が、素直に唯念に従って歩き出す。それを見た子分は、はっと気づいて小走りで案内に立つ。一統がぞろぞろと後に続く。

無職渡世人ゆえ檀家にも入れてもらえなかったのであろう。寺の正規の区画の墓地を避けて、隣接の草っ原に真新しい棺蓋《かんおおい》（笄《こうがい》とも言う棺飾）と卒塔婆《そつとうば》が立っている。しかも、花や供え物だけは職業柄であろう、山となっている。

唯念は、墓前に立つと念仏を称え始めた。やがて後ろの連中も合称し始める。

念仏が終わると、唯念は向きを変えた。それにつられて久八も子分たちに向き合う。全員が何ごとかと見上げる。

「今、久六の霊に聞いた。久六は『大前田英五郎大親分の言いつけを守らずに、勝手に清水次郎長一家に不義理をした。わしが悪い。敵討ちなどしないでくれ』と言っている」

親分の久八は、相変わらず「うん」「うん」とうなずくばかりである。子分は、大前田の名前が出た上に、親分のその態度を見て異論を出す者もいない。

唯念は供物の名札を見て、噂話を思い出して話をしたに過ぎない。彼は、さらに続ける。

「いいか、ここは親分以下全員が一生懸命に念仏し、力を合わせて立派に菩提を弔うがよい。清水の次郎長もそれを見たら、これ以上余計な騒動を起こすことはあるまい」

子分たちも、いきり立つ親分の手前、総足立って出かけて来たが、清水一家にとうてい勝目はないことも分かっていたのであろう。安堵の気配さえ見せて刀を鞘に納めてしまう。

大場の久八は、江戸時代後期の博徒で、三島宿を拠点に南関東一円に三、四千人の子分を抱えた大親分であった。本名は、森久治郎で文化十一年（一八一四）伊豆の間宮村に生まれ七十八歳まで生きている。強力《ごうりき》で三島と江戸を一日で往復する健脚であった。それもあってか、江戸に出て東京湾のお台場普請《ふしん》（工事）を請け負ったこともあるらしい。

若いころ博打《ばくち》や喧嘩沙汰でお尋ね者になり、やがて上野国《こうずけのくに》（群馬県）の博徒の巨魁大前田英五郎の兄弟分となる。

このときは、大前田の同門の江戸屋虎五郎の舎弟の保下田久六が次郎長に殺されたことで、久八の面子もあって敵討ちの喧嘩出入りが勃発するところであった。

その後、大場の久八は、熱心な念仏信者となり唯念を慕い崇《あが》めるようになった。明治になると、博徒の足を洗って真面目に百姓をして余生を過ごしたという。

（三）

秋の穫り入れも終わった嘉永七年（一八五四）の十一月初めであった。

この日、御厨郷《みくりやごう》の各筋の主立った名主が集まっていた。

小田原藩領の御厨郷駿東郡には、七筋（地方）七十七か村がある。その日の名主寄合《よりあい》の当番は中畑村であった。場所は善龍寺の本堂を借りていた。

日頃温厚な中畑村の名主の要助が、挨拶のあと少し顔をしかめて言う。

「一昨日《おとつい》のことでござんす。郡《こおり》代官所に呼ばれて行きがしたところ、藩の地方奉行からのお達しが出ていがした。これでござんすが・・・・」

と、一枚の紙片を掲げた。皆が何ごとかと顔を寄せる。

「お達しは、この通り『届けなく人集めを為すべからず』ってことだけでござんす」

「何かあったでござすかな？」

「代官は『詳しいことは手代《てだい》に聞いておけ』てんで、どけえかおっ走《ぱし》ってしまいがした。手代に聞いてみると『余計な騒ぎを起けえて、お上に楯突《たてつ》くようなことはすんな』ってことでござんした。よくよく聞いてみると『新しい神社や寺を作るには藩に伺いを立てろ』ちゅうことと『人が寄って祈願や祈祷《きとう》をするときにも届けろ』って言《せ》えっていがしたな」

「何年か前にもそんな話がありがしたな。また何かあったずらか？」

小首を傾げて聞く者がいる。中畑村の名主要助は、名主仲間でもかなりの物識《ものしり》であった。

「去年は武蔵《むさし》（関東南部）で、今年は伊豆で大っきゃあ地震がありがしたな。そのとき祈《き》祷《とう》だあ厄除けだあ言えって騒ぎを起えたらしい。それに、この間《にゃあだ》は浦賀の方へ黒船が来たらしい。そんだあもんで尊王攘夷《そんのうじょうい》（天皇を尊び外敵を討つ）だとか言《せ》えって、大騒動が起きてるってことでござんす。世の中が不穏《ふおん》になっているだあで、お上も気い遣っているだあずら」

「そんなことと、神さんやお寺とかお祈りと何の繋《つな》がりがあるだあずら？」

「神さんやお寺のこたあ、どっちかって言うと尊王なんてことになり易いでな。ことに、大地震が起きて厄除けだあって人集めすりゃあ、討幕だあの騒ぎに繋がるってことだな。それに、手代は『富士講みてやあなことはすんな。余計な疑いが掛る』言《せ》えていがした」

他の名主は不思議そうにしていて聞いていたが、中にはかなり詳しい者もいる。

「富士講って言えやあ、俺《うら》あも一時《いっとき》講中に引っ張られそうになったことがある。ありゃあ、確か二百年も前に百六歳《みやあ》にもなって人穴《ひとあな》に籠《こも》って覚悟の餓死《うえじに》した角行《かくぎょう》って人が開祖だあって、由緒書《ゆいしょがき》に書いてあったっけよう。何でかんで、それが天下泰平を祈って死んだって言ったな。その人の後でも身祿《みろく》なんて偉い行者が、角行つぁんから百年くれえ経ってから、世の中の人を救うってんで入定《にゅうじょう》（覚悟の餓死）しているらしい。そんな、ど偉い衆《し》らを祀っている富士講が、何で咎《とが》められるずらか？」

「初めの内やあ、真面《まとも》だったただあ。それが八代将軍の吉宗公のころになって、富士講が大勢で押しかけて祈祷だあ言えって騒いだり、やたらと魔除けの札なんかを売りつけて銭金《ぜにかね》ふん奪《だ》くったりしたもんで、ありやあ確か寛政七年（一七九五）だったたな。幕府から禁止令つうのが出ただあ。それからも三、四回はその禁止令が出ているようでござんすな」

「いやはや、ご法度《はっと》になっちまってるだあ。俺《うら》あ富士講に入いんにゃあでよかったなあ」

「うんだあよう。実はな、代官所の手代が『お触れの写しだから持って行っていい』って言《せ》えって寄越《よけえ》てくれたっけよう。これだあけんど、五年前の嘉永二年（一八四九）に出た幕府の禁止令つうもんだ。余《あんま》り気づかなかったが、神社に配って高札場にも出した言ったな」

　要助が、懐《ふところ》から出して皆に回した紙片には次のようなことが書いてあった。

『富士講については、これまでも度々町触《まちふ》れに違反して、富士信仰の先達《せんだつ》だと称し、俗の身分でありながら行衣《ぎょうい》を着て護符《ごふ》（お守り）を出し加持祈祷人集めをしている。愚昧《ぐまい》の者の行為なれど風俗によろしくない。今後見聞するときは、差し押さえる。今般寺社奉行所で調べたが、角行《かくぎょう》を祖とし身禄《みろく》が伝えたという今の信仰は神道仏道に非ず。俗人の教えを信用して異様の儀式をするなどお触れに違反している。今後は、食物の行《ぎょう》を称え、講仲間を増やし、あるは行衣を着て鈴を持つなどの異形《いぎょう》で登山し、日頃も加持祈祷《きとう》・護符《ごふ》など出すことは一切禁止する。以上は、御料・私領・寺社領とも漏れなく触れるものである』

皆が目を通したのを見届けた要助が、上野村から来ている三郎右衛門を見ながら言った。

「実はこのことで、俺あらが一番気になるのは唯念つあんだよう。自分でも頑固な木食行《もくじきぎょう》をしている。その上、一生懸命念仏を広めてくれているし、病人の脈取りから薬草の世話も、それに厄払いまでしてくれる。あの和尚《おっ》つあんに万が一のことがあっちゃなんないだ」

三郎右衛門は、今回初めてこの会合に出ていた。事情が分からず眉を捩じり上げる。

「唯念つあんは富士講じゃあないだよう。なんして届けにゃあとお咎めを受けるだあ?」

「そりゃあなあ、唯念つあんは、角行つあんみてゃあに太郎坊のお胎内辺りに籠《こも》っていたあだずらあ。世間の人は、命がけの修行した偉い和尚つあんだってこたあ分かっているけんど、富士講の人が人穴に籠った角行つあんを持ち出したりするだあで、気をつけなけりゃあなんないだ。それに唯念つあんは、駿河国《するがのくに》（静岡県）だけでなく相模国《さがみのくに》（神奈川県）

や他の国までにも行脚してるずらあ。あっちこっちにゃあ『南無阿弥陀仏』の大《でっ》かい名号碑が一杯建ってるじゃんか。余し《あんま》有名すぎるだあよう。うんだから、お上から富士講みたく目えつけられると困るだあ。こかあ、もう一遍改めて届けておいた方がよかんべえと思うよ」

三郎右衛門もようやくうなずいている。

「そんできゃあ、前《みや》あにも小屋掛けするのに届けが要るっ言《せ》えて、名主が二、三遍代官所へ届けたちゅうことを聞いたことがあらあ。そう言やあ、先《せん》にも五百日の念仏籠《こも》りをしたあで、ここのお寺から届けてもらったって言えったなあ。なんでそんなことが要るだあって不思議でござんしたが、なるほどなあ、よく分かりがした。唯念つあんは、今年も続いて五百日籠りをやるだあよう。こりゃあ、矢張《やっぱ》りまた届けてもらわにゃなんないずらな」

「昔、但唱上人がここで但林院てのを開いて木食行をした。それを偲《しの》んで唯念さんもここで木食行をしてる。その届けも出しているだ。また、ここの名前《なみやあ》で届けてもらいがしょう」

その文書は大体つぎのようなものであった。

『おそれながら書付を以てお願い候こと

下総国《しもうさのくに》行徳村徳願寺の弁瑞和尚弟子唯念は、前年七月より上野村奥の沢に逗留し、五百日の念仏行をしていることは届け済みでお聞済みとなっています。その後も五百日同所にて念仏行を続けられるよう願っています。お許しいただければありがたい幸せに存じます。

嘉永七年十一月　　　　　　　　善龍寺　印』

これには中畑村の名主の要助他の添え書きと連署がついて、社寺奉行あてになっている。

そのような話が進んでいたころのことである。

唯念は、弟子の唯心の修行に心を悩ませていた。唯心は、朝晩の念仏を形ばかりに済ませて、あとは唯念の世話をするだけであった。村に降りて、師の五穀断ちの食い物を分けてもらってきて、蕎麦《そば》や玉蜀黍《とうもろこし》を臼で挽《ひ》いたりしていた。ときには、唯念の衣類の洗濯や繕《つくろ》いもする。これまで、一人で籠山《ろうざん》を続けてきた唯念には、要らざる世話であった。

「唯心よ。お前は徳願寺で一通りの修行は積んで来ていようが、奥の沢に籠《こも》るということは、わしについて修験念仏行をすることだ。わしの世話は結構だから、まず修行に耐えられるように体を鍛えることを考えよ」

朝の山林走破に引っ張り出すが、ものの二、三丁（二、三〇〇メートル）も走ると、息が上がってへたり込んでしまう。これまでの修行では、体の鍛錬をほとんどしていないようである。次の日には、手を振って断っていた。

「私は虚弱体質で、このような修行には向いておりませぬ」

唯念は、念仏行に入ると奥行場《おくぎょうば》で称名を続けて夜を明かす。山林走破は無理としても、座っての念仏はさせなくてはならない。しかし、唯心はいくら言っても決して同行しない。

「私は、和上（唯念のこと）のお世話にあがったのですから、そのような行は一緒しません」

その唯心は、庵《いおり》に藁布団《わらぶとん》を持ち込んで夜はそれに潜り込んでいる。

唯念は、彼が最初から石の上で夜を過ごすことは無理だったかと思い、日の出前になって庵に行って唯心を起こす。不満そうにぶつくさ言う寝ぼけ眼の唯心を追い立てて、滝に打たれる。唯心は一浴びしただけで飛び出し、ガタガタと震えて衣類に包まってしまう。

沐浴《もくよく》のあと、体を温めるによかろうと思って修羅界《しゅらかい》を教えても、全く様にならない。力の入れようが分からないのだ。むしろ、それ以前の問題として、唯心にはほとんど体を鍛えるような修行はやる気が全くなかった。

「和上、このようなことをなぜするのですか？」

「仏道の修行の第一歩だ。体を鍛えて念仏行に没頭できるようにするのじゃ」

「私には、修験道も念仏行も不向きでございます」

この別時五百日二回の念仏行も、唯心の修行のためと思って始めたものであった。結局は、唯念一人の念仏行になってしまっていた。

唯念が、弁瑞から教わった五穀断ちの初歩の、一日断ちさえも唯心は続けられなかった。百合根を生で食う唯念を、不思議な動物でも見るような目で見ている。

「このような物を食しては、私は病を起こしてしまいます。食事は勝手にさせてもらいます」

夜になると、彼は外竈《そとかまど》で炊いた雑穀飯を掻き込んでいる。村里から味噌や漬物までもらってきていた。

唯念は、ほとんど彼を見放してしまっていた。とうてい奥の沢に籠《こも》る人間でなかった。

やがては、自ら出て行くであろうと諦めていた。

そんなあるとき、村の百姓が庵《いおり》にやってきた。

「うちのお婆あが死んじまったあだ。銭もなくて葬式ができがしねえ。和尚《おっ》つあん、何とかしてくらっしゃあ」

と、手を合わせるのである。唯念は

「おおっ、そうか、念仏の一つも上げてやろう」

と、立ち上がり掛ける。唯心が、そのとき何を思ったか蕎麦粉《そばこ》挽きを止めて立ち上がった。

「和上は念仏行を続けてください。私が葬式に行きます」

唯念がまじまじと、見つめる。

「徳願寺で何度か葬式や法事に出ました。よしなに弔ってまいります」

それ以来、唯心は村人に仏事を頼まれることが多くなった。葬式以外にも、先祖の供養や法事を頼まれるようにもなっている。

村の半分以上は田畑を持たないいわゆる無田の百姓であった。水呑みともいわれる極貧の人たちである。菩提寺《ぼだいじ》もなければ法事に僧侶を呼ぶこともできない。その人たちにとって、唯心は願ってもないありがたい『和尚《おっ》つあん』であった。

唯念とは別の方法で、念仏の伝道が実現していた。

やがて、唯念の念仏行脚と唯心の供養念仏のお蔭で、唯念寺の建立の気運が盛り上がって行く。

天保五年（一八三四）十一月には、上野村の組頭五郎左衛門他二名により、小田原藩に対して唯念の修行の許可と雨除けを造る申請が出されていた。

続いて、翌年六月には同じ名義で、唯念（四五歳）と唯心（二五歳）が諸国修行のため当村小百姓宗左衛門方で千日の逗留許可を求めているので認めてくれるよう申請している。

さらに十一月にも、唯念の修行のための雨覆いの設置許可を別名あて申請している。

このころの神仏信仰の厳しい取り締まりを慮《おもんぱか》って、唯念寺建立の悲願の火を消さないように、村人たちは腐心していたのである。

そして、この年の七月には村人によって奥の沢に念仏堂が建てられている。

やがて、念仏堂の完成が広く世間に知れ渡ると、唯念を尊敬する人々から支援が集まるようになる。彼の自他倶念の念仏伝道と衆生の済度救済の成果が如実に表れてきていた。

天保七年（一八三六）には、江戸の牧原吉兵衛らからお堂に半鐘が寄付された。さらに嘉永四年（一八五一）には駿河沼津藩より唐銅《からかね》製の花瓶が、翌年には江戸四谷三河屋吉兵衛から蓮華台五揃いが寄付された。

さらに、明治五年（一八七二）になって、政府令による壬申戸籍の作成が進められるようになると、上野村では唯念を山口庄左衛門の三男に入籍して、その身分を守るようなこともしている。

明治七年には、教部省から念仏堂に対して滝沢寺《りゅうたくじ》の称号を許可され、芝増上寺の末寺となった。さらに明治十一年になると、静岡県令大迫貞清は内務省に申し出て、滝沢寺が地方本山扱いの滝沢山唯念寺となる。翌年この寺号の公称が正式に許可されている。

現在の唯念寺
（2015 年 1 月 16 日　勝又まさる氏撮影）

（四）

ゆっくりした鉦《かね》の音が響き、間延びした詠声《うたごえ》が流れる。

詠いながら手を合わせて心の中で仏さまを拝み、その手を下げながら両側に開く。それに合わせて足を踏み出す。爺婆《じじばば》に交じって、若い嫁さんまでが子供連れで踊っている。

初めて来た人であろう。よれよれの半紙二つ折りに書かれた念仏詠本《うたぼん》をを片手にして、口ずさみながらたどたどしく踊りについて行く。

十三仏様と題してある。題字以外は全部が仮名書だった。寺子屋もなく仮名文字さえ読める者が少ない時代である。この詠本でさえこの一色村に一つしかなかった。ほとんどの人が聞いて覚える空覚《そらおぼ》えの丸暗記であった。

　一ばん　　ふどうそん

――ありがたや　　しまこうふくの　　りけんとて

　　　　　　　　あうんの二じを　　つねにわするな

　二ばん　　しやかにょらい

――しよめいの　　むじようをさとる　　しやかによらい

　　　　　　　　かりのねはんに　　いらせたまふぞ

三ばん　もんじゅぼさつ
——ただたのめ　もんじゅぼさつの　りやくにて
しるべのがんを　ほどこしぞする

四ばん　ふげんぼさつ
——のちのよを　ふげんぼさつと　いのるべし
このよはゆめの　かりのやどなり

五ばん　ぢぞうそん
——ろくどうを　すくわせたまひ　ぢぞうそん
われらがために　かわるろふにゃく

六ばん　みろくそん
——なにごとも　いまよりのちは　みろくそん
じごくへんじて　ごくらくとなる

七ばん　やくしによらい
——とらやくし　せんりのみちを　けふこえて
みだのじょうどへ　ゆくぞうれしき

八ばん　かんぜおん

――わがおやは　だいじたいひの　かんぜおん
みのりのふねに　うかむさおさせ

九ばん　せいじゆぼさつ

――とくだいじ　二十三やの　つきのかげ
まようやみじの　われをてらさん

十ばん　あみだによらい

――なむぶつと　となうるみだの　六じこそ
とりもなおさず　そのままのみだ

十一ばん　あしくにによらい

――いちぶつの　ちかいあしくの　によらいなり
さうもくこくど　じゆかいじよぶつ

十二ばん　だいにちによらい

――あおぞらに　ろくだいむへんの　かぜふけば
じだびやうどふに　あいらうんけん

十三ばん　こくうそぼさつ
――さわりなく　いのれやつきの　十三や
　ぶじようむじようと　ともにじようぶつ
ばんがい
――しでのやま　いそがぬたびの　さきちかく
　つれもなければ　やどもなくして
ばんがい
――おいのさか　のぼりてみれば　あととおく
　いそがぬたびの　さきのちかさよ
ばんがい
――おいのさか　ろくじでこえて　しでのやま
　みだのじようどへ　ゆくぞうれしき

唯念が広めた念仏踊りと詠《うたい》は、後世の今もなお御厨《みくりや》の地に生き続けている。

『ばんがい』の最後の詠《うた》は、唯念が衆生に最も残したかった念仏の功徳であったであろう。

滝沢山《りゅうたくざん》唯念寺が公《おおやけ》になると、本尊として信濃《しなの》の善光寺の本尊阿弥陀仏を祀ったり、子育て地蔵や閻魔《えんま》堂を設けるなどして、寺院としての形も整ってきている。それも、ほとんどが熱心な信者の寄進したもので、唯念自身は形振《なりふ》り構わず自他倶念の念仏三昧であった。

その唯念に魅《ひ》かれ、地元の駿河国《するがのくに》（静岡県）はもちろんのこと相模国《さがみのくに》（神奈川県）や甲斐国《かいのくに》（山梨県）、さらには武州（関東南部）などからますます沢山の信者が訪れるようになった。

そんなあるとき、中畑村の名主の要助が近隣の名主とともに唯念寺にやって来た。

「やあ、やあ、しばらく見ない内に立派な寺になりがしたなあ。道理で参詣人が大勢来るはずだ。和尚《おっ》つあん、そこで相談がありがしてな・・・・」

「何じゃな。わしに相談するより念仏を上げなされ。阿弥陀さまが助けてくれる」

「その念仏を上げる人が、あっちこっちで迷子になってんだよう。俺あ方からも竹之下の方からも初めての人は、奥の沢のこけえ来るのが分からにゃあだ。そんで、大方は大御神《おおみか》村に行っちゃたり菅沼村に下っちまったり、挙句《あげく》の果てにゃ中畑村まで戻ったりするだあ」

「そう言えば蓮華講の連中が言っていたなあ。『あっちこっち迷った挙句に、野宿になってとんだ念仏修行だった』ってな。それも念仏の功徳だのう」

このころ唯念寺詣での信者の会が地方毎に結成されて、阿弥陀四十八願に因みその数の講中ができて蓮華講となっていた。仏話で蓮華は極楽に咲く花とされ、とくに念仏で往生を遂げた人々の魂が阿弥陀仏とともに蓮台に載っているのが観音菩薩であるとされる。『蓮華王菩薩』とも言われて、その名を称えると火難、水難、盗難などの厄除けになっている。

この蓮華講に代表されるように、唯念の念仏と祈祷はいよいよ有名になってきていた。

「蓮華の花がそっちこっちに咲くのは結構なことじゃが、百姓衆の手が取られるようでは考えねばならんかのう」

来るまでに考えたのであろう、要助が目を輝かせて言う。

「和尚つあん、一層《いっそ》のこと唯念寺が俺あ方の善龍寺辺りに引越してきちゃあどうずら。此《こ》処《か》あ、辺鄙《へんぴ》な上に土地が狭すぎる。俺あ方にゃ、富士山の裾野の大野原《おおのつばら》ちゅう三千町歩（ヘクタール）もの広れえ土地があらあ。信濃の善光寺の何倍もの寺町ができらあ」

さすがの唯念も目を丸くする。

「大いのは良いことじゃが、この沢は修験道の山と念仏道の山が合わさってできている阿弥陀さんの体のようなもんだ。ここを離れるわけにはいかぬのう。よし、それならば蓮華に因んで観音さんの碑を御厨中に建てて、道標《みちしるべ》にしようぞ」

「分かりがしたが、どこにどれだけ建てたら良ござんしよう？」

「蓮華講の連中は元の東海道の足柄道を来るだろうから、その上野村への分かれ道から始めて主な辻々に建てたらよかろう」

足柄道は、古沢村の浅間神社下で新橋村《にいはしむら》を経て三島宿へ行く道と、須走村を経て甲斐国《かいのくに》の郡内に行く道に分かれる。新橋村に向かう反対方向が上野村方向になる。

「ということは、古沢の札場（江戸時代の高札場）でごぜえすな」

「そこを一番にして、ここまで蓮華台に乗った観音さんを主な辻々に建てたらよい。蓮華台には人の指さしをこっちに向けて彫りつけておけや」

結局、古沢村の札場を一番の如意輪観音像として、続いて聖観音像を一色村から用沢村、棚頭村にそれぞれ三か所などと、須川を経て上野村の奥の沢に至る主な辻々に十五基の道《みち》標《しるべ》となる『手引き観音』を建てている。

これにより蓮華講はもちろんのこと、東海道を往復する人々が寄り道をして、奥の沢の唯念寺詣での厄払いや道中の安全祈願をするようになった。

唯念が命を賭して悟った自他倶念が実現し、自分と他の人々とが仏と一緒になる途がますます開けていくことになる。

（五）

時代が移り、明治十三年（一八八〇）になり唯念九十歳のときのことである。藤曲村の岩田清九郎が念仏堂に来て、唯念の脇で念仏を称えていた。彼は唯念の外弟子で、毎日念仏を三万回称える三万称を実践している熱心な信者である。いつものことで、二人は昼飯は取らずに日柄一日念仏を続けていた。この日は、夕飯どきになっても唯念は蕎麦掻《そばが》きを取る気配がない。

唯念はまだこの歳になっても木食行《もくじきぎょう》を続けていた。ほとんど毎日、朝夕は蕎麦粉を水で捏ねてそれを口内で溶かすようにして呑み込んでいる。

清九郎は、念仏を止めるのを気遣ってなかなか言い出せなかった。それでも、このごろ唯念は念仏の途中で声が途絶えるようになっていたそのときを待って声を掛けた。

「もう、そろそろでごぜすな」

唯念は、念仏の声を上げただけだった。そんなことを三、四回繰り返したあとで、清九郎は立ち上がって蕎麦掻きを作ろうとした。唯念は、目を閉じたまま

「もう帰るか?」

と言う。いつもなら「そろそろだな」と蕎麦掻きのことを口にする。今日は忘れてしまっ

たように口にしなかった。清九郎は気にかかって聞き直した。

「蕎麦掻きを作りがしょう」

「念仏の方がよい」

そのまま唯念は念仏を続ける。清九郎は、足音を消して念仏堂を出た。

彼はその足で上野字《あざ》の戸長（旧上野村の名主役）の池谷忠三郎のところに寄った。

「和尚《おっ》つあんのことで話がある」

戸長も心配していたのであろう。

「俺《うらあ》らも気になってんだあ。そろそろ何とかしないとなあ」

と言って、次をうながすように見つめる。清九郎は上がり框《かまち》に腰を下ろした。

「今日も『お前が来たから、滝垢離《たきこり》をする』言《せ》えって出かけようとするだあってばな。ようようなだめて、盥《たらい》の水で洗うだけにしたがなあ」

「食い物はちゃんと取ってるずらか」

「弟子の念海が、それを心配してぇた。ほとんど蕎麦《そば》掻きだけだそうだ」

「そりゃあ、いけにゃあぜ。何とかしにゃあとなあ」

二人は顔を突き合わせて相談した。そして『食い物はお粥や雑炊などにし、お惣菜《かず》も取らせる。風呂にも入ってもらう。藁布団に寝かせる』ことにした。

唯念は
「念仏を称えて、仏の御許に行くだけだからそのようなことはしない」

と言って聞かない。終いには、近隣の信者たちが寄って拝むようにして頼み込む始末であった。ようようのことで『粥を食うことと風呂に入ること』だけは聞き入れた。

相変わらず、念仏堂の筵莫蓙《むしろござ》の上に座ったままの念仏三昧で、夜も横になることはなかった。

女手を入れると言うのも断って、食事や風呂の世話は弟子の念海がすることになった。このころは、かつての弟子の唯心はすでに他界していて、孫弟子の念海が唯念の世話をしていた。

あるとき、念海が芝の増上寺の大法要のため出かけることになった。さすがの唯念も、もうこの歳では体力が衰えて風呂の出入りもままならない。長い間火を使わない穀断ちの生活だったために、粥を焚くのにも火を起こすことさえできない。

そこで、念海の留守の間だけ上野村の後家のとよ女が食事や風呂の世話をすることになった。

九十歳を過ぎても、さすがに鍛え抜いた唯念の体は、枯れ木のようにがっしりしている。その上に、長いこと座ったまま念仏していたため、足腰が座禅胡坐《あぐら》のままに固まってしまっていた。

とよは、百姓仕事も男なみにしていた大女だった。唯念の身の回りの世話をするにも、そのような彼の体を容易に抱き上げることができた。

唯念の体を洗うときには、とよは自分も裸になり彼を抱き上げて風呂に入れた。風呂場は星明りだけで闇にまみれ、人の目もないし唯念にも気兼ねすることはなかった。

唯念は、風呂に浸かると念仏を称えながら眠ってしまう。とよは、唯念の体が温まるとまたそっと抱き上げて風呂から出し、流し場に座らせて体を洗い始める。

糠袋で体を擦ってやっていると、唯念はよほど気持ちが良かったのであろう。擦るのに合わせるように念仏を称えている。とよも、誘われるように一緒になって念仏を称えながら、唯念の全身を洗ってやっていた。

とよは、風呂に入る前から唯念がこの寒中にも麻の単衣を纏っていることに驚くと同時に、その汚れも気になっていた。下半身《しも》の始末もままならなかったのであろうと思い、ちゃんと洗っておいてやろうとした。

幼児を洗うようにして唯念の下半身に手を伸ばしたとき、とよは思わず念仏の声を飲み込んだ。そこにはあるべきものがないのだ。驚くと同時に、仏のような和尚《おっ》つあんにそのようなことをして罰が当たると思ったとよは、頭が一杯になり気が動転してしまった。

それまでは、生身の女ゆえ、そこはかとした恥ずかしさに、意識しないまでも女心が疼《うず》いていたのかも知れない。とよは自分の気持ちをどうすることもできず、赦《ゆる》しを乞うように唯念に抱きすがった。そして、ただひたすら体を擦りつけていた。

気づいた唯念は体を外し、横たわって身を揉むとよに向かって修験の秘法の印を切った。両手の指を外から内に向かって組む内縛印を、最後の念力を絞って打ち振る。

とよは一瞬身震いすると動かなくなった。しばらくすると、はっと夢から覚めたように起き上がり、糠袋を取って唯念を洗い始める。そして、また唯念の念仏に合わせていた。

とよは、さっきパチッと音がして体中を稲妻が走ったような気がしたが、何が起こったのかさっぱり分からなかった。ただ、自分でも不思議なほどすっきりして、唯念の男も自分の女も感じなくなっていた。年老いた親の背中を洗うように、唯念の体に糠袋を使っていた。

ふと、念仏を止めた唯念が口にした。

「何があっても念仏じゃな」

それからというもの、とよは男を見ても女を見ても誰もが仏さんのように見えて、すれ違うときに合掌して念仏をするようになった。誰彼《だれかれ》なく、以前にも増して親しくなった。

そんなとき、冗談好きの爺さんが、念仏して通り過ぎるとよに声を掛けた。

「和尚《おっ》つあんに、ちゃんと観音さんを拝んでもらったかやあ?」

とよはうっかり口走った。唯念に、あるはずの物がなかったことだけは覚えていたのだ。

「和尚つあんの体は傷跡だけだったよう」

その話から、唯念の全身に刀傷の跡があったと伝わった。さらには、後年になると

『国定忠治の身内の日光円蔵《にっこうのえんぞう》が、関八州の取り締まりの目を逃れるため出家したのが唯念である』

という話まで生まれている。

この年の五月、藤曲村の岩田清九郎が寺に来て何時ものように一緒に念仏をしていた。相談ごとがあって訪ねて来ていたが、陽が陰ってきても唯念の念仏が終わらないために彼は改めて来ることにして腰を上げた。唯念がふと念仏を止めて言う。

「もう帰るか?久しぶりに蕎麦《そば》掻《が》きでも一緒しようと楽しみにしていたが・・・・」

「ちょっくら相談ごとがあって来がした」

「見仏の境地に、何ぞ望みがあろうや」

と、笑みを見せる。清九郎が久しぶりに見る師の笑い顔であった。『いよいよ菩薩如来になられる』という妙な予感が過《よぎ》る。彼はそれを強いて打ち消すように口にした。

「かねて別請（特別の要請）のありがした長門国《ながとのくに》（山口県）へのお出かけの八月がやって来がす。飛脚便で問い合わせがあり申した。どういたしがしよう？」

「ここのところ、浄土がよう見える。念仏いよいよ励行のときじゃな。遠国の赴請は取り止めることにしようぞ」

清九郎がまじまじと顔を見る。かねてから、師がとても楽しみにしていた旅であった。しかし、もう無理はさせられないと思っての相談だったが、師の方から断るとは思っていなかった。

そのような話があったあとで、清九郎はときおり様子を見に来ては念仏を共にしていた。相変わらず唯念は、念仏堂の板敷きの菰《こも》に座ったままで、日夜通して念仏を称えている。夜も横になることはなかった。

その唯念が八月十日には、稲藁《いねわら》の束が倒れるように菰に横たわっていた。それでも唇は動いて念仏を称えていた。脇の椀が空のところを見ると、粥《かゆ》は啜《すす》っているようであった。

その後は全く食を断ち、水のみで念仏を称えるために唇を潤している。

十二日になると水も断ち、微かに念仏する唇が動くのが分かる程度であった。この日からは、最後を看取ろうと信者や村人が詰めかけるようになった。唇の微かな動きは念仏であろうと思われる。人の動く気配に目を開けるなどして、まだ意識は確かであった。

清九郎が行ったときも、はっきり目を開けてうなずく。彼は、最後の言葉を聞く代わりに、しきりに書く仕草をする唯念の手に筆を握らせた。

紙を近づけようとすると、頭をかすかにもたげて起こせと言うようである。抱え起こすと自ら座り込み、握っていた筆を持ち直す。

最初の一筆から名号を書くと分かり、一字書くごとに紙をずらせる。みごとに『南無阿弥陀仏』六文字を書き上げる。さすが力尽きて自署の花押は一流れの筆跡だけであった。

そのあとでは、唯念はまた横になって称名を続けるであろう唇だけの動きとなる。

翌日も、人の気配に気づくと手を微かに振って、筆を持つという。そして、眼の前で合称する人に目を止めて、書く文字を聞く様子であった。彼は、はっと気づいて口にした。

「龍の字をお願あしがす。厄除けでごぜえす」

筆を持ち直すと、目はもう開かず閉じたままだったが、筆の穂先が自在に動いて龍の文字を書き上げる。しかも、これまでと同じように、龍の顔形を描いて筆が入っている。

「ありがとうごぜえした」

と、下げた顔から涙が鼻筋を伝いポタポタと落ちる。その止めどない涙が龍の顔の上に纏まって落ちて、墨が滲み日輪になっていく。人々の念仏がはたと止む。合掌したままの幾つもの人影の動きが止まったままそれを見つめる。いよいよのときが迫っていた。

その話が伝わると、各地の村々から人々が後から後からと集まる。龍に乗って昇天し、日輪となる唯念を見送ろうと、奥の沢の谷間を人々の群れが埋め尽くしていた。

八月二十二日夜に、地震であろうか、どっどっと音を立てて俄《にわ》かに念仏堂が震動する。奥の沢一帯にその震動が広がり、森の木々が慟哭《どうこく》するように騒ぎ始める。

その異様なざわめきに、付き添っていた人々がはっとして行者を見つめる。

その一瞬、眠っていたはずの唯念の両眼がカッと開き、いかにも修験念仏行者らしい透徹した目が月光を受けてらんらんと輝く。行者の眼光が折しもの十五夜の月光の中を突き抜けて天上楽土まで届くようであった。

翌二十三日の夜、まさに唯念行者入寂のときであった。その一瞬、念仏堂に白昼のような輝きが溢れた。人々は、阿弥陀如来尊称由来の不思議光如来のお出迎えを如実に拝観し、吾を忘れただひたすら称名を続けていた。

唯念の辞世は

奥之沢　うゐなき法の　花盛り
いく年経ても　いろはかはらず

と、伝えられる。

称号は　一**蓮社向誉専阿弥陀仏**である。

後年、真鶴の西念寺の垂水良運上人は唯念の仏心に感激し、鎌倉の光明寺の玄信上人に推挙して『明治往生伝』に記載されるところとなった。

おわり

補　遺（唯念上人の伝記についてのいくつかの推察）

（一）

平成二十五年に、富士山が信仰の対象と芸術の源泉として世界文化遺産に登録された。それは、古来から現代に及ぶ富士山についての山岳信仰と詩歌や絵画などの文芸の長い歴史が認められたものである。

唯念上人の行績は、その歴史の中に具体的に取り上げられてはいないが、富士山を浄土とする念仏道とその伝道は、明らかに世界文化遺産の一端を担うものと考えられる。

上人の念仏伝道は、阿弥陀仏四十八願にちなむ蓮華講として地元駿河国《するがのくに》から江戸・武蔵《むさし》・相模《さがみ》・甲斐《かい》・伊豆の各国に及び、その足跡には膨大な記念物の名号碑や仏像あるいは書軸などが残っている。それらは、多くの衆上《ひとびと》の済度《さいど》救済に役立っているのである。

それこそは、まさに富士山の世界文化遺産を裏付けるものと言っても過言ではない。

まずそのことを、補遺の最初に掲げておきたい。

そのような唯念上人九十歳没年までの念仏伝道については、多くの研究者や信奉者の方々の努力により、かなりその実状が明らかにされてきている。（以下上人の敬称は省略）

とくに唯念のことが掲載されている『明治往生伝』（以下『往生伝』とする）は信憑性《しんぴょうせい》

の高いことが認められており、ほとんどの伝記や報文がこれに拠っている。

ただし、この『往生伝』は念仏行者の宗教行績を顕彰する目的で記述されているために、唯念についても念仏修行の記録が主体となっている。したがって、一般の人物の経歴を詳述する伝記とはかなり異なっている。

『往生伝』以外に、唯念のことを知ることができる資料には、上野村などに残る古文書や至るところに残されている彼自身による記念物がある。

南無阿弥陀仏を大書した巨大な名号碑は名号塔とさえ呼ばれ、地元の静岡県内は勿論のこと近隣の山梨県や神奈川県等にも建立されており、その数は一千基に及ぶと言われる。

また、唯念が籠《こも》った奥の沢への道標《みちしるべ》として建てられた手引き観音像十五体を加え、人々が日頃お詣りするための仏像は、各所に配った書軸とともに数知れないほどと言われる。

これらの記念物の他にも、小山町史などの地方史に掲載されている伝承の唯念の物語も幾つかある。

それらが唯念の経歴や仏心を解明する手がかりとなっていて、研究者や信奉者によって数多く紹介されている。

しかし、唯念の経歴は九州から北海道に及ぶ広範囲である。またその時期は、徳川時代から明治時代に及ぶ一大変革期に一世紀にも及ぶ長年月である。そのようなことのために、この間の足跡の詳細までは分かっていないのが実情である。

ことに、見仏や悟りの境地といった宗教心の内面に至っては、本人が多くを語らなかったということもあって、その解明は推測の域を出ない。

この度、故郷の友人たちの勧めもあって、唯念の伝記の小説化を試ることになったが、そのような諸資料の問題に加え、元々著者本人が無信仰である上に唯念についても全くの無知であったために、多くの疑問点に打ち当たるのはどうしても避けられなかった。

以下に、その疑問点を列記してみると次の通りである。

肥後国《ひごのくに》に生まれた唯念が、どういう経緯《いきさつ》で江戸に出たのか？

武蔵国《むさしのくに》の徳願寺には、どういう経緯で入門したのか？そこでは、どのような修行をしたのか？

あの時代に、弁瑞と唯念が秘境とまで言われた蝦夷地《えぞち》に渡った理由は何だったのか？

唯念は、恐山や出羽三山に九年間も籠って念仏だけ修行したのか？修験道の修行をしたのではないのか？また、そこではどういう悟りを開いたのか？

武蔵国高尾山に籠って、八年間もの間どんな別行（念仏行以外の修行）をしたのか？

妙善尼が言う「東方有縁の地」はなぜ奥の沢なのか？

義賢が言う「左合わせの谷」の意味は何なのか？また、唯念は、即身仏となって入定した妙心行者を慕う義賢の教え受け、本人も入定を考えたのではないか？

唯念が富士山に籠《こも》った理由は何か？また、当時では冬季酷寒の山頂奥の院に五年間も籠ることは不可能である。とすれば、富士山奥の院とはどこを指すのか？

唯念は、富士講始祖の角行や身禄の入定の遺行に接しなかったのか？

唯念は、念仏で厄除け祈祷は可能だったのか？祈祷術はいつどこで修行したのか？

木食行はいつどこでどのようにして修行したか？

半世紀に及ぶ広範な地域での諸々の念仏伝道は、どのような悟りの境地だったのか？

そして、私が最も興味を持ったのは、青少年期から修行途次の若き時代の唯念の生《なま》の人間像はどうであったかということである。それが小説の隠れた主題でもあった。因みに、表の主題は最後の疑問点であるが、彼がどのように悟りを開いたかということであった。

唯念について、その行績がかなり明らかになってきているにもかかわらず、このようにまだ解明し切れない点が多いのは驚きであった。

小説化に際しても、『往生伝』を主体にそれらの資料にある唯念の話はほとんど取り上げている。しかし、このような疑問点が山積していて、当然のことながら小説化にはかなりの推察が必要であった。

一般に、史実の記録だけを綴るのは、『史記』に類する『記録文学』である。小説とするには史実の間を推察して埋めていくことになるのは当然のことではあるが、以下に、史実との混同を避けるためにその経緯を記しておきたい。

言い替えると、先に掲げた疑問点について、著者はどのような解答を導き出したのかということである。

まず、唯念の出自《しゆつじ》について見てみたい。

『往生伝』では『俗姓は不明で寛政三年（一七九一）に肥後国《ひごのくに》（熊本県）八代《やつしろ》の士族の家に生まれ、その性格は惇朴《じゆんぼく》剛健で幼時より三法（仏・法・僧）に篤信《とくしん》であった』となっている。

私はこの小説を書く上で、この時代に八代の田舎武士《いなかざむらい》の子息がどうして江戸に出たのか、そして、彼の向学心や宗教心が上京とどのような関わりがあったかを知りたかった。それが、後世の唯念を知る上でも欠かされないと思ったのである。

そこで、八代の士族という唯念の出自を探れば、彼の幼少から若年のころの人間像もよりはっきりすると考え、まず八代藩《やつしろはん》の歴史を調べてみた。

八代藩は正式には藩ではなく、幕府の薩摩藩《さつまはん》（鹿児島県）対策として一国一城政策の特例が認められた熊本藩の出城であった。したがって、城主はいわゆる参勤交代をするれっきとした藩主ではない。初めのころ私は、参勤交代の折に江戸で縁者ができたという憶測をしていたが、どうもこれは成り立たないようである。

また、滝沢姓から何か手がかりはないかと考えて八代の歴史書の中を探したが、その姓が全く見当たらない。この当時の地元人士の名簿や、西南戦争の出征者数百人の名前にもその姓はなかった。

滝沢の姓が初めて文書に出てくるのは、彼が奥の沢に来て四十年も経ったときである。明治三年（一八七〇）になると平民にも苗字が許され、さらに明治五年には壬申戸籍の届け出が始まる。そのためと推定される明治七年一月の上野村戸籍簿には、上野村四十九番屋敷の念仏堂を住居として、寛政三年（一七九一）一月生まれ滝沢唯念の名が記されている。

なお、同じ住まいに弟子として、滝沢本性と滝沢念海の名も出ている。

さらに、明治七年には、静岡県庁の特薦により教部省から滝沢寺《りゅうたくじ》の号が認められている。

そして、同年の五月十三日付で江戸の芝増上寺からは末寺として認可され、その申し渡し状の宛名が滝沢唯念になっているのである。なお、四年後には県令から法務省に申し出て滝沢寺は滝沢山唯念寺に改められた。

これらの記録をたどると、いくつかの経緯が考えられる。

まず第一には、戸籍の届け出にあたり、唯念が自身の生家である八代の藩士の姓を伝えたという推定である。それゆえ滝沢寺や滝沢山の呼称が生まれたということも考えられる。これがもっとも至当と思われるが、不思議なことに唯念自身が滝沢の姓を使った形跡が、壬申戸籍以前には見当たらないのである。

二つめは、村役などの回りの者がお上へ戸籍を届ける際に、他の平民同様にして便宜的に、彼らが奥の沢に籠《こも》って滝で修行しているためにつけた姓とも考えられる。このことは、弟子が同じ姓になっていることや戸籍の届け出に当たって唯念の身分を守るために便宜上上野村の山口庄左衛門の三男にしていることなどからも全く考えられないことではない。

三つめは、二つ目と同様に滝沢寺や滝沢山の呼称があって、姓をそれにあやかったとする考え方である。

いずれにしても、滝沢の姓の由来は今のところ藪の中である。

私は、その思索の途中で八代《やつしろ》の歴史の中から、宝暦五年（一七五五）の球磨川の大洪水の史実を見つけた。そして、この復旧のために幕府直轄の普請奉行配下の振矩《ふりく》掛りの滝沢勘助が手助けに出向したストーリーを思いついたのである。これにより、小説の上では八代にない滝沢姓と江戸の縁者が結びつくことになった。

また、兵馬と名づけられた滝沢少年が江戸に出る切っかけも、小説としてはそれなりの説明が必要であった。後年の唯念と結びつかなければならないからである。

そこに三法に篤信の祖父勘助の感化を受けて芽生えた仏心と、淳朴《じゅんぼく》ゆえに純粋性を求める向学心、それに生来の剛健の気性が加わる。その剛直さゆえに、稚児からの逃避行となり、さらに向学心に燃えての祖父の出身地江戸への就学となる。

次に、唯念少年がいかなる事情で徳願寺に入門したか、そしてどのような経過で修験道や木食行に入って行ったかも、解き明かさなければならない問題である。

唯念が仏門に入る決心をしたのは『御殿場・小山の伝説』に『唯念が江戸で酒屋に奉公しているときに、明満上人が自ら仏門を叩いた少年期の経験談に啓発されたため』という物語があり、これに拠っている。

『往生伝』は『世俗の交わりを厭《いと》いて』としているだけである。ただし、それもあったであろうが、何よりも俗界から仏門に入るには、壮絶な覚悟があったはずである。

仏門に入るために断根するストーリーは、彼が弟子の断根を諭した物語が小山町史にあるのを見て、そのようなことができたのは弟子ではなく唯念自身でなかったかと思いついたためである。彼の受戒にはそれなりの覚悟があったことは間違いないし、あれだけの修行が続けられる精神力は、並大抵ではないことも事実である。

そして、そのような純朴剛直な彼の仏道を形成するのに大きな影響を与えたのは、修験道と木食行であろうと思われる。小説では、徳願寺の弁瑞の導きによるとしている。『往生伝』では、弁瑞の導きで木食行の修行をしたことを裏付ける話として、唯念が蝦夷《えぞ》地を発つとき『行者が弁瑞和上に隠遁籠山《いんとんろうざん》の志を語りて暇《いとま》を請われけるに、和上教戒して如法衣一俱と蕎麦粉《そばこ》一斗を恩賜せらる』ことが記されている。なお『往生伝』で唯念の木食に触れるのは、最晩年の『多くは素飲木食時をえらばず』だけである。他の伝説などでは、木食行に徹した念仏行者として記述しているものが多い。

（註）文中の『行績』の語は、一般には『業績』であるが、修行の成果としてこの字を用いている。また『伝道』の語は、キリスト教に用いられているが、念仏の場合にも最適の用語と考えられる。

唯念は、弁瑞に伴われて蝦夷《えぞ》地に赴くが、それについても『往生伝』ではその理由が明らかにされていない。

（二）

当時は、蝦夷地が秘境とされていて大有珠山が霊場であったには違いないが、そこの大臼山善光寺に籠《こも》って念仏修行に専念することだけが目的であったとは考え難い。

当時の歴史を見ると、幕府が蝦夷地の経営には非常に苦心していたことが分かる。開拓をアイヌ民族にも担わせるためには、鎮撫策の一つとして仏教の布教が考えられていた。

そのために主要三宗門の派遣を決めている事実がある。

東駿地誌でも『幕命を受けて』弁瑞とともに蝦夷地に渡ったとしている。

また、上野村の天保五年（一八三四）の文書『奥の沢に参詣人のための雨除け建設願』には、唯念が『蝦夷地で五年間の仏法教化等仕り候』とあり、アイヌへの布教を窺《うかが》わせる。

小説でも、これを受けて弁瑞らの一行は幕命でアイヌへの布教を担わされたとしている。

ただし、どの文献にも蝦夷地での布教の実績は明らかでない。当時のアイヌの信仰を見ると、独特の堅固な神霊崇拝があり、仏教の布教は至難であったと考えられる。

なお、唯念を慕うメノコのユキの悲恋物語は、アイヌ民族への布教の困難さの象徴的な抒情詩として書き添えたもので、もちろん事実ではない。

その後、弁瑞と唯念が湖島で念仏中に猛吹雪に遭遇する話は、『往生伝』に拠っている。場所が特定されていないが、大有珠山周辺の湖島の観音堂としては、洞爺湖の観音島以外に見当たらない。木食行や念仏行を実行して、仏教の真髄を見せる恰好の場所であった。

続いて唯念は、独り西に向かって雲水の旅に出る。行った先の恐山にしても出羽三山にしても、修験道の修行とは切り離せない霊場であり籠山所《ろうざんじょ》であった。

『往生伝』では『三山に登りて修行せらるること三年、この間霊夢を感ぜられしことある趣《おもむき》なれど、すべて感見のことなどは慎みて他に語られねば知難《しりがた》し』として、何らかを感じ取ったことを窺わせる。小説では、修験道と念仏道に関する仏道の命題とした。

場所柄、この十年間は修験道と念仏道の合わせ行の修行であったと思われる。薬法や祈祷を身につけたのも、ここでの修行であったに違いない。そのような修行があったから、九十歳近くまで念仏行や木食行を続けられる体力と気力を維持できたと考えられる。

小説では、修験道と念仏道の修行のいずれが仏道に適うのか真剣に考えるようになったとしている。それは、やがて義賢が説く左合わせの谷での修行の話の伏線となった。

その後については、『往生伝』によれば『高尾山の薬王院にて八年間別行せらるる』として、念仏以外の別行の修行に打ち込んだことが記《し》るされている。『往生伝』では、八年という長い年月の間にどのような修行をしたかについては明らかにしていない。

これまでの彼の修行歴から見て、仏教の学究に勤《いそ》しんだと考えられるのは、徳願寺での三年とこの八年間をおいてないようである。仏典・仏書の解読や教義の学究など仏教の真髄をひたすら追い求めながら、念仏道を完成させて行ったときであったと考えられる。

なお、この時期の時間的考証で若干の問題があるので私見を述べておく。

この時期の文政九年（一八二六）に御厨郷《みくりやごう》菅沼村には、唯念揮ごうの『南無馬頭観世音』碑が建設されている。隣接する上野村の奥の沢に、唯念が入る二年ほど前のことである。

なぜ、唯念が上野村にいないこの時期に建立されたかについては、疑問も持たれる。

多分、このころ唯念は、時折は高尾山麓《むもと》の相模国《さがみのくに》辺りで辻立ち説法か門立ち念仏をしていたと思われる。馬頭観世音の万人講が盛んであったそのころに、何らかの経緯で相模境いの菅沼村に書き贈ったものが碑として建立されたと考えると時系列的な説明がつく。

話を本筋に戻そう。唯念が念仏修行の完成段階に入って行くのは、富士山頂での義賢との出会いであったと見るのが、多くの研究者の意見である。しかも、仏道を極めると言う点では義賢の影響が決定的であったと考えられている。

とくに、妙心の入定《にゅうじょう》を究極の仏道と考える義賢や妙善尼との交流は、唯念のその後の修行に大きく影響することになったと考えられる。

ところで、妙善尼が「貴僧はこれより東方に有縁の地あり」と告げた本意は何か？

かつて私は、富士山の宝永噴火の砂除けの歴史小説『砂地獄』を書いたが、あの噴火の主噴出方向が大御神村から上野村に向かっていたことを知った。三尺（一メートル）を超す厚さの降砂があり、一帯は霊山の如くであったと言う。私には、念仏籠山《ろうざん》にいかにも相応しい所のように思えたのである。そこで、有縁の地を上野村とした。

ここで少し疑問が出るが、尼の言葉が奥の沢を暗示したとすれば、東方という方角は正しくなく、正確には南方である。ただし、富士山の東方ということには間違いはない。尼の言葉は、霊峰の東方を意味し、逆に奥の沢の西方浄土が富士山であると考えれば納得がいくことではある。小説では、尼の言葉の「これより東」を「霊峰の東」にしている。

また、義賢が「左合わせの谷を探して籠山せよ」と告げた真意は何か？

仏教の教義に関わる例え話であろうと思っていろいろ調べてみたが、とうとう分からなかった。正しい説が分かったら訂正しなければならないが、小説では、仏道を極めるのに修験道と念仏道の位相（違い）に悩む唯念を見ての義賢の示唆とした。これは、あまりにもこじつけであろうか。

右の前身頃《まえみごろ》（着物の右の前布）は利き腕に喩《たと》える護身法の修験道、左の前身頃は仏身を奥深く包む念仏道としたことには、私自身納得していることではあるが・・・。

さて、余談としてもいささか不穏当の誹《そし》りをまぬがれないことは自覚しているが、唯念が妙善尼と霊夢の中でまみえる菩薩と見紛うての交合が仏道に反するかどうか？

あえて弁護をしておきたい。妙善尼の、仏道に精進しながらも源義経《みなもとのよしつね》に懸想した女心と、妙心行者に義経の再誕を見たという純情さは、菩薩心の現れと受け止めたい。

人の心の内部に立ち入らないはずの『往生伝』でも『かの尼公は直也人《ただびと》にあらず、その声の清亮洞然《せいりょうどうねん》たるは心魂《しんこん》に徹し尊かりし。今も耳に残りて想い出されると行者は自ら語られける』と書き表している。

さらに『かの尼公は静《しずか》女の再来にもやあるべしと、行者は言われけり』という表現で、唯念の尼公に寄せる想いのほどを伝えている。

九十歳を超したこの世の今際《いまわ》に仏身に抱かれる霊夢は、あの世への餞《はなむけ》の菩薩行であったと思いたい。

閑話休題。

ここでとくに主題の『霊峰籠山《ろうざん》』に触れておきたい。

（三）

『往生伝』では、唯念が富士山に籠《こも》るようになったのは、登山したときに義賢に会ったのがきっかけであるとされる。

彼は、いつからどんな動機で富士山に登ったのかは明らかでない。小説では高尾山に籠ったときに、遥か夕日に映える富士山の姿に魅せられ秘かに霊峰籠山を志したとしている。後日談になるが、平成十七年（二〇〇五）に高尾山は、関東の富士見百景に選定されている。唯念が、その絶景に心を奪われたに違いないと思う根拠はここにある。

崇高な山容を望んで、彼は西へ向かう十万億土（極楽）への第一歩を霊峰に期待したであろう。その後の修行を見ても、彼は富士山に深い敬慕の念を抱いていたに違いないと思えるのである。

『往生伝』には『富士山に登り、初めて義賢上人に謁し参籠して念仏励修せらる』また、『富士山奥の院にて執行念仏五ケ年』などの記録がある。

淡々として事実を伝えているが、紙背には唯念の強烈な霊峰崇拝が秘められている。

ただし、これには問題がある。富士山の山頂で人間が生活できるのは、当時では夏の二、三か月ぐらいだけである。とうてい冬越しの山籠《やまごも》りなどできるものではない。

とすると、執行念仏五か年の『奥の院』とはどこを指すのか？

インターネットで調べると、富士山本宮浅間大社の奥の院は富士山頂にあると出ている。さらに詳しいことを知ろうとして、三か所の浅間神社に問い合わせて見ると、いずれも山頂には『奥の院』はないと言う。山頂にあるのは『奥宮』であると言うのである。

山麓の小山町に問い合わせたが、唯念が籠ったのは風穴の『お胎内』のことではないかとのことであった。　風穴ならば『人穴』と呼ばれ、角行《かくぎょう》が籠山入定《ろうざんにゅうじょう》したことが知られている。私は、これらの話から唯念が籠ったのは山麓に数多くある風穴の『お胎内』の一つではないかと思うようになった。

それにしても『執行念仏五か年の奥の院』の表現は、解釈に苦しむところである。

その後、富士信仰の歴史を調べていると、仏教が渡来した初期のころ山林仏教と富士山の浅間大神とが和合して、本地仏は大日如来であるという考え方が生まれたとされている。

そして、平安時代後期の久安五年（一一四九）に富士上人と呼ばれる僧末代が富士山頂に大日寺を建立している。

上人は、村山村（現富士宮市村山）に興法寺を営んでおり、その境内には大日堂があった。

奥の院の名称が寺院に由来することから、富士山頂の大日寺が大日堂の奥の院であったと考えることができる。

多分、僧末代からのちの人々は、仏教信者を中心にして通常富士山頂を『奥の院』と呼んだに違いない。まして、神仏の分け隔てのない時代である。現代の神社が『奥宮』と呼ぶこととは時代が違うのかも知れない。

いずれにしても『奥の院』はこのくらいにしておきたいが、そうなると唯念は五年間どこに籠ったかが問題となる。

経緯は後述するが、私は地元の友人で唯念の信奉者の一人である高橋哲男君の説を取りたい。彼は、御殿場市在住で長年唯念の遺徳を偲び足跡をたどっている。

富士山の宝永山に近い太郎坊の二つ塚西側の砂沢《ずなさわ》を挟んで、二つの風穴状の洞窟がある。その一方には、皿など人の生活痕跡があり、彼は唯念の籠った跡ではないかと推定している。夏は冷涼で冬は山体の熱気で温かい。ここならば、執行念仏五か年が可能である。

『往生伝』は、霊峰の象徴として『奥の院』を取り上げたものと推定される。正確には

『奥の院等』であり、小説は奥の院を拠点として風穴などで念仏行を続けたとしている。『奥の院等』に五年間も籠《こも》った唯念は、念仏に明け暮れたことは当然であるが、仏道を極める最後の籠山《ろうざん》での即身仏を覚悟していたのではないか。

前述したように、義賢の導きもあり、さらには妙心や角行《かくぎょう》と身禄《みろく》などの行者たちの籠山入《にゅうじょう》定の遺訓に接して、最後の念仏行で仏道を極めるために籠山入定を決心することは当然の帰結であったと考えられる。

身禄のように、遺訓を残すことはなかったが、それはこの頃の彼の信念として他の人に告げることはせず、一人ひっそりと即身仏を目指して成仏すべく入定を覚悟したと思われる。

そのとき、霊夢の中で括然として悟る。一個の行者が、仏道を極めるために入定するは念自仏である。自分と衆生と仏が一緒である自他倶念こそが仏道であると。

ただし、これについての記録は見当たらない。これをうかがい知るのは、霊峰籠山後の唯念の念仏伝道の驚異的な行績以外にない。まさに自他倶念の実践であった。

最終章は、文政十三年（一八三〇）唯念四十歳から明治十三年（一八八〇）まで同人九十歳までの五十年間実に半世紀におよぶ期間の話を取り上げなければならないことになった。

とうてい一章で扱える話でないが、残念ながらこの間の記録は多くない。『往生伝』でも滝沢寺《りゅうたくじ》の開基のこと、無人の境の奥の沢での修行が不惜身命の剛気ならではのこと、麻衣一重で余物はなく木食《もくじき》で過ごしたこと、最晩年になって少し常食を取るようになったが三、四日に一食だったこと、それでも単衣を通し、歩行は飛ぶが如くで若者も息が切れるほどであったことなどで、後は臨終にまつわる話となっている。

小説では、この章については、自他倶念の挿話をこの地に残る伝説の中から幾つか取り上げているに過ぎない。唯念の念仏伝道の一端として紹介している。

その中で、この地方に残る念仏講についても取り上げているが、これについては他にも唯念の足跡と推定される事例もあるのでここで触れておきたい。

経緯は『あとがき』に書いているが、ごく最近に現地を訪れた後で、唯念寺の世話人をしておられた池谷正治氏から上野に伝わる唯念寺御詠歌が送られてきた。

平成になって書き写されたものであったが、全文三十三番がすべて仮名書になっている。現地に残る唯念信仰を示す貴重な資料として、ここに三首を漢字化し収録した。

一番　昔より　龍の影引く　滝沢の　清き流に　建ちしこの寺
二番　ありがたや　弥陀の六字を　唯念《ゆうねん》の　その名は朽ちぬ　寺の礎《いしずえ》
八番　お互いに　わが身の上の　言葉《ことのは》を　語り合いつつ　登る滝沢

などに示されるように、全部の謡が唯念と唯念寺を敬慕し信仰を深める言葉で埋め尽くされている。そして、その詩文から見て、これは念仏の功徳を説く唯念自身の手によるものではなく、後世になって敬虔なる信者が作ったものと推定される。

この小説の第六章四に掲げた一色村に残る謡とは、かなり趣《おもむき》が異なっている。送られて来た謡を読んだそのとき深い感銘を受け、現地に残るこの謡こそを一色に残る謡に変えるべきだと思った。いろいろと思案を重ねた結果、唯念の念仏伝道という小説のストーリーとしては、唯念自身の作という確証はないものの一色に残る謡の詩文が仏教者の教えの形を表しているように思えて、結局そのままにしている。

この他にも、各地に念仏講の類が残されている。その中には、唯念との何らかの関連も取沙汰されているものもある。

御殿場市史には、御殿場市川柳の百万遍念仏が取り上げられている。この念仏は地元で『ドンデンシャン』とか『気ちがい念仏』などと呼ばれているものである。

それに相応しい大太鼓や鉦、さらに念仏の回数を数える木札などの什物《じゅうもつ》が残されているが、その他に明治四年（一八七一）唯念八十一歳のときの名号の掛け軸が残されていて、唯念との関係を窺《うかが》うことができる。

しかし、これらの什物には、文政三年（一八二〇）施主川柳講中茂山某の名入りがあったり、念仏講の由来を示す古文書には文化五年（一八〇八）に相模国世附村名主三重郎より伝授とあり、唯念以前のものであるとされている。また、名号の掛け軸も、後年に入手したものとされている。

御殿場市史ではこの他にも、富士宮市の佐野、内野、足形の火伏念仏を紹介しているが、唯念の火伏龍の書軸から彼との関連が窺《うかが》えるものである。また、山梨県の上九一色村本栖の六斎念仏を伝えているが、唯念の念仏伝道の足跡から何らかの関連も推測されるものの、いずれも確証はない。

念仏講以外に、幾つかの伝説が残っている。

一般に小山町史は、文献等に基づいた史実の記録として高く評価されるが、その中に三島の侠客大場の久八の騒動を唯念が納めた話がある。奇異な感じがしたので『江戸時代の侠客・伊豆の人物』を調べてみると、実在の人物でしかもそのころ清水の次郎長と争いごとを起こしていた事実がある。唯念の行績としては若干異質な感じもあるが、彼の広範な活動を物語るものかも知れないと考え、小説でも挿話の一つとしてそれを取り上げている。

また、町史には『唯念が風呂に入っているとき、ある人が見た話として唯念の体には数か所の刀傷があった』という話がある。この話に尾ひれがついて『唯念とは偽りで、国定忠治の子分の日光円蔵が関八州の役人の目を逃れるため隠遁したものである』との伝説が残っている。それは後年になって、ある小学校の先生の日光円蔵にまつわる小説の話が誤って伝えられたものであるとされている。

唯念の刀傷については、他のどの伝記にも記載がなく真偽のほどは分からない。この小説のストーリーとしては、唯念の断根の話に繋がることから、とよ女の話に置き換えている。また、とよ女を小説の中に登場させたのは、『御殿場・小山の伝説』に『姑《しゅうとめ》との諍《いさか》いから死を覚悟して家出してきた若い嫁に、唯念は念仏を称えなさいと説いている』物語があり、それをヒントにしている。

なお、最終章はもっとドラスチックにすることも考えたが、熱い信仰に根差した記念物や記録を前にして、伝説にもない全くのフィクションを構成することも憚れる。そこで、土地に残る伝説を小説の中に取り込む程度にとどめている。

何よりも、唯念の晩年の偉大な遺徳を冒涜することになるのを恐れた。このことを一言断っておきたい。

以上

あとがき

唯念さんの籠《こも》った上野村の奥の沢は、私の生まれた元北郷村大字一色と同村の大字上野で、現在は静岡県駿東郡小山町上野となった集落の背後地にある。

私は小学生のころ、上野の湯船山の麓の湯船原《ゆふねつはら》で学校を二分した戦争ごっこに参加したことがある。また、左合わせの谷の左側の三国山は、明神峠への遠足の通り道であった。

残念なことに、この歳になるまで私は奥の沢も唯念さんも全く知らなかった。一つは、私の家が日蓮宗であったことによるかも知れない。子供の頃、家々を回って催される念仏講も来なかったし、南無阿弥陀仏を耳にするのは他所の家の葬式のときだけであった。

私の家から三百メートルほどのところにある唯念さんの名号碑も、道祖神の供養塔の一つぐらいにしか思っていなかった。

このようなことで、私が唯念さんのことを知ったのは、迂闊《うかつ》にもごく最近のことである。七十年近くも続いている北郷小学校の同級会の席上で、私の著書『砂地獄』の受賞のことが紹介された。旧北郷村を合併した小山町は富士山の宝永噴火の最大の被災地である。その砂除けの苦闘を綴ったもので、全国新聞社出版協議会の自費出版大賞の小説部門最高賞を受けていた。

親友の高橋哲男君がちょうど横に座っていて
「次作に唯念さんのことを書いてはどうか」

と、しきりに勧める。そして
「唯念さんは上野の奥の沢に籠《こも》った坊さんで、その人の書いた名号塔があっちこっちにある。私も、いろいろ調べている。富士山に籠った話があり、太郎坊のお胎内を調査したら皿などの遺品が出てきた」

などと、熱心に話してくれる。

このとき私は、正直言って余り興味が湧かなかった。なぜかと言うと、私はほとんど無信仰である上、何より唯念さんの偉大な行績に無知であった。

ただ、ちょっとした因縁話になるが、この日宴会が終わって階段を下りた突き当たり真正面に、なんと『南無阿弥陀仏　唯念』の掛け軸が架かっているではないか。

さすがに、無信仰の私の胸にもぐうっと来るものがあった。

その後、何日かしたある日、私は御殿場市の野木市左衛門さんが、天明と天保の飢饉に喘ぐ故郷の再興を祈って六十六部の納経巡礼を成し遂げた小説『富士に誓う』を書くために神田の本屋街を漁っていた。

店頭のバラ売りのところに『往生要集』という私にとっては初めての意味不明の題名の本がある。開いて見ると、まさに浄土教の『南無阿弥陀仏』の教義に関する解説書である。これを拾い読みしているうちに、私の心の中に唯念さんがどっかりと座り込んでいた。

その後、何日か経ったある日、高橋君から電話があった。

「二十六年の一月十五日に小山町の町民講座があり『唯念行者の生涯とその祈り』というテーマで昭和女子大学の宮本花恵さんの講演があるから出てこないか」

と言うことで私は出かけて行き、宮本さんとも直接お話しさせてもらったり、会場で拙著の紹介をされたりした。また、その席でも高橋君から唯念さんの小説化について勧められたりしていた。とうとう私は、唯念さんの小説化を公言するはめになっていた。

以来、高橋君からは現地の案内や上野の人々との懇談の手助けなど執筆中の諸々の支援をいただくこととなった。

なお、その日の講座を主催した小山町教育委員会の生涯学習課の主任で学芸員でもある金子節郎さんから、同教委出版の『唯念行者と唯念寺』誌を特別に入手できた。

金子さんとは、これまでの拙著で小山町を舞台とする前掲の『砂地獄』や金太郎伝説を小説化した『赤龍の父子』などの出版に際して種々御支援を得ていた。もちろん、この度の『霊峰籠山』でも相談に乗っていただいている。

ことに『唯念行者と唯念寺』誌は、唯念の経歴や周辺事情を『往生伝』や町内の古文書によって整理してあり、かつ唯念による名号碑などの記念物を調査した結果も紹介してあって、今回の執筆に大変役立った。

そして、町民講座の当日に金子さんから講演前に控え室で宮本さんを紹介していただくことになった。

以来、宮本さんからは文献資料を送っていただいたりしている。なかでも、『往生伝』の宮本さんによる翻刻《ほんこく》（草書体の翻訳印字）の資料や「昭和女子大学文化研究」誌上の唯念に関する各論文は、この小説を書く上で最も貴重な参考文献となった。

高橋哲男君の勧めがなければこの小説を書くことはなかったであろうし、宮本花恵さんの御支援がなければこの小説は完成しなかったであろう。

また、これまでの出版で大変な御協力をいただいてきている御殿場市在住の書家で日展会友の鳥宮暁秀先生には、題字の闊達な揮ごうをいただいた。そして、同じく御殿場市在住の写真家勝又まさるさんには、まさに霊峰籠山の遺跡の残る宝永山下の太郎坊を擁する富士山の写真を使わせていただいた。共に、静岡新聞社出版部の担当の方々の見事な装丁設計と相俟って、拙著を引き立てる素晴らしい表紙の顔となっている。

その上には巻頭を飾るに相応しい、小山町の込山正秀町長さんの温情溢れる推薦のことばを頂戴した。また、町役場の皆さんや上野の池谷博美区長さん始め池谷正治さん他の方々の唯念上人の遺蹟と偉業を後世に伝えようとする篤志に預かり、一方ならぬご支援をいただいた。

さらに、静岡新聞社の編集局出版部の庄田達哉部長さん始め担当者の岡崎俊明さん他の皆さんには、既刊に続き今回も全面的に出版発売に際して大変お世話をお掛けしている。

このような多くの人々の御協力御支援に対して、巻末ながら深甚の御礼を特記し、謝辞とさせていただく次第である。

そして、この原稿が出来上がった今年の一月十七日、私は高橋哲男君の車で足柄地先の栗の木沢の名号塔と上野の唯念寺の参詣に、勝又まさるさん共々現地を訪れた。

名号塔は想像以上に雄大で、称名六文字は唯念上人の渾身の力がみなぎり、いかにも厄災も病魔も火難盗難も退散したであろうことが窺える。勝又まさるさんは予定時間を超えて、遠くにも近くにもカメラの三脚を据え角度を変えて撮影に没頭していた。

続いて、御殿場市境の台地から北山の左合わせの谷を望みつつ麓の上野に向かった。

唯念寺には、わざわざ池谷正治さんが案内に立ってくださった。

残念なことに、唯念寺は現在無住でトタン屋根の粗末な佇まいに、かつて各地から信者が押しかけた面影はない。滝近くの念仏堂跡の開山堂も、周辺に温泉開発の傷跡もあり、境内戸羽口の名号塔は半分地下に埋もれてしまっている。修行の滝だけが往時の水音を伝えていたが、それも崩れた岩石に遮られ、奥行場への道は崩落し杜絶してしまっている。

周辺の国有林の砂防堰堤が谷毎に整然と列をなすのに比べ、唯念寺がいかにも置き去りにされた感じがして、何とかならないものかと思い煩うことしきりであった。

まして、富士山の世界文化遺産登録の理由である—信仰の対象と芸術の源泉—から見て、唯念寺が貴重な信仰の対象となる歴史遺産であることに鑑み、願わくは何時の日にか関係する多くの人々の御尽力により何らかの形で復興されることを望みつつ帰路に着いた。

最後に一言書き加えさせていただくと、この書の執筆は無信仰であった著者の仏道への初の探訪となった。これは多分浄土への土産となろうが、果たして唯念さんは何と言うであろうか。

完

念仏堂跡に建てられた開山堂
右手奥に修行の滝および奥行場を望む
(2015 年 1 月 16 日　勝又まさる氏撮影)

参考文献

	書名	著者名	発行年	発行所
1	唯念行者と唯念寺	小山町歴史を学ぶ会	一九八八	小山町教育委員会
2	明治往生伝三篇	権大講義垂水良運（宮本花江翻刻原稿二〇一四）	一八八三	日新窟
3	小山町史	小山町史編さん専門委員会	二〇〇一	小山町
4	玉穂の歴史	玉穂の歴史編集委員会	二〇〇六	玉穂報徳会
5	東駿地誌	東駿地誌編集委員会	一九五九	駿東地区教育委員会
6	八代郡史	熊本県教育委員会	一九二七	臨川書店
7	続御殿場・小山の伝説	勝間田二郎	一九八六	エビス出版
8	富士の信仰	浅間神社代表者稲村真里	一九二八	古今書院
9	昭和女子大学文化史研究第１７号　富士の行者としての唯念	阿部美香	二〇一四	昭和女子大学文化史学会
10	同右　滝沢山唯念寺所蔵什物調査報告	関口静雄・宮本花江・阿部美香	同右	
11	浄土教思想研究	藤吉慈海	一九六九	其中堂

参考文献

12 往生要集 中村元 一九八三 岩波書店
13 念仏思想の研究 藤原凌雪 一九六四 永田文昌堂
14 修験道 伊矢野美峰 二〇〇四 大法輪閣
15 性愛の仏教史 藤巻一保 二〇一一 中央精版印刷（株）
16 安政吉原繁盛記 若水俊 二〇一〇 角川グループ
17 アイヌの研究 金田一京助 一九四一 八洲書房
18 一目でわかる江戸時代 竹内誠 二〇〇四 日本写真印刷
19 全国方言資料（第一～六巻） NHK 一九七二 日本放送出版協会
20 日本史年表 歴史学研究会 二〇〇一 岩波書店

■勝俣　昇（かつまた・のぼる）

1931年　静岡県駿東郡北郷村（現小山町）
　　　　一色に生まれる
1944年　北郷小学校卒業
1950年　御殿場高等学校農学科卒業
1955年　国立東京農工大学農学部卒業
1955年　農林省（現農林水産省）入省
1982年　同省退職（社）海外農業開発コンサルタント協会　顧問就任
1983年　京都大学　農学博士授与
1987年　勝俣昇農業工学研究所設立　所長として現在に至る
1991年　（学）東京農業大学講師就任　以降10年間在籍

■主要著書

2000年　三江平原　龍頭橋への道（日中国交回復前の民間協力実話）
2003年　非整合（ダム建設のフィクション小説）
2007年　砂地獄（富士山宝永噴火の砂除け苦闘の歴史小説）
2007年　再びの砂地獄（富士山噴火現代版のフィクション小説）
2012年　赤龍の父子（金太郎伝説の謎に挑んだ歴史小説）
2015年　富士に誓う（御厨の復興大願に六十六部巡礼の歴史小説）

霊峰籠山

2015年 4月 1日発行

著者／勝俣昇
発行所／勝俣昇農業工学研究所
〒201-0015東京都狛江市猪方3-13-8
電話03-3488-9435
発売元／静岡新聞社
〒422-8033静岡市駿河区登呂3-1-1
電話054-284-1666
印刷製本／図書印刷
ISBN978-4-7838-9902-0 C0093

唯念上人火伏龍（模写）